AU COMMENCEMENT ÉTAIT LA MER

Collection *l'Aube poche*
dirigée par Marion Hennebert

© Éditions Marsa, 1996

© Éditions de l'Aube, 2003
pour l'édition de poche
et 2007 pour la présente édition
www.aube.lu

ISBN 978-2-7526-0375-3

Maïssa Bey

Au commencement était la mer

roman

éditions de l'aube

Du même auteur :
Nouvelles d'Algérie, Grasset, 1998, grand prix de la
    Nouvelle de la Société des gens de lettres
À contre silence, recueil d'entretiens et de textes inédits,
    Paroles d'Aube, 1999
Cette fille-là, l'Aube, 2001 ; l'Aube poche, 2005
Entendez-vous dans les montagnes…, récit, l'Aube, 2002
Journal intime et politique, Algérie 40 ans après,
    (avec Mohamed Kacimi, Boualem Sansal, Nourredine
    Saadi, Leïla Sebbar), l'Aube et Littera 05, 2003
Sous le jasmin la nuit, nouvelles, l'Aube, 2004 ;
    l'Aube poche, 2006
L'ombre d'un homme qui marchait au soleil, réflexions sur
    Albert Camus, préface de Catherine Camus,
    Chèvre-feuille étoilée, 2004
Surtout ne te retourne pas, l'Aube, 2005 ; l'Aube poche, 2006,
    Prix Cybèle, 2005
Sahara, mon amour (avec Ourida Nekkache), l'Aube, 2005
Bleu blanc vert, l'Aube, 2006 ; Points, 2007

« Je ne suis ni lourd ni léger
Ni solitaire ni peuplé
Nul ne peut séparer
Ma chevelure de mes bras
Ni ma gorge de son silence
Ni ma lumière de ma nuit. »

Paul Éluard
« Blason dédoré de mes rêves »,
Poésies ininterrompues

*À Martine Marzloff,
sans qui ce livre ne serait pas.*

I

1

Derrière les volets fermés, l'aube a envahi la plage. Des lueurs timides se glissent dans la chambre, sur les motifs délavés des carreaux, et strient de rais plus pâles le visage de Fériel profondément endormie.

Nadia s'attarde un moment à la regarder. Dans son sommeil, Fériel a repoussé le drap qui la recouvrait et ses jambes nues, dorées sur le tissu blanc, s'échappent de sa chemise de nuit relevée. Les bras écartés, le visage auréolé de boucles rebelles, elle repose dans un total abandon. Une tiédeur parfumée émane de son corps, de son souffle léger. L'odeur désarmante de l'enfance.

Nadia se lève. Elle enfile ses vêtements.

Elle sort de la chambre. Doucement, très doucement, elle tire la porte derrière elle. Sur la pointe des pieds, elle traverse le patio immobile dans le clair-obscur.

Instants volés de ses rencontres secrètes avec la mer.

Tout de suite, dans l'air qu'elle respire, le bonheur. Un bonheur tout rose, avec de petits nuages blancs qui courent, là-bas, au ras des collines sombres.

Debout sur la première marche, elle se laisse d'abord pénétrer par le flux des sensations qui affleurent sur sa peau en un lent frissonnement.

Il suffit de descendre pour retrouver la plage.

Le sable sous ses pieds nus se dérobe en un picotement subtil tandis qu'elle avance sur le rivage désert aux couleurs incertaines.

Devant elle, la mer encore embrumée retrouve presque timidement ses marques, se dégage difficilement des bras de la nuit.

Nadia avance. Elle salue le jour naissant comme au commencement du monde. Elle est seule. Plus seule et plus libre qu'elle ne l'a jamais été. Et elle court maintenant, les bras étendus, rêve d'oiseau qui fendrait l'espace sans que rien ni personne ne puisse le retenir. Ses cheveux dénoués volent autour d'elle, viennent gifler son visage offert. Le bas de sa jupe, mouillé par le frôlement blanc des vagues, se fait lourd, entrave sa course folle. Encore, encore un peu plus loin ! Jusqu'aux rochers ! Jusqu'aux frontières du raisonnable, là où se brisent tous les élans ! Elle ne peut pas aller plus loin.

Haletante, elle se laisse tomber sur le sable que la nuit, le vent, les vagues ont de nouveau lissé. Elle se cale contre la roche inconfortable et froide. Le temps de souffler un peu.

Face à la mer, des maisons aux volets clos, encore ensommeillées et silencieuses, referment l'espace. Juste assez pour qu'elle se sente protégée.

De quoi, de qui a-t-elle peur?

La peur chaque matin, mais le plaisir, plus fort.

Et, à pas lents désormais, elle revient vers le matin paisible.

La porte tirée violemment de l'intérieur s'ouvre devant elle.

Debout dans la lumière blême, Djamel, son frère. Il l'attendait.

— D'où viens-tu?

Son visage n'est qu'une tache plus pâle dans l'ombre, mais elle voit nettement ses mâchoires si serrées que même sa voix en est contractée, presque inaudible.

Stupide, elle le regarde, sans répondre. Comment a-t-il pu…?

— D'où viens-tu? répète-t-il.

— Je suis descendue là… juste en bas, là sur la plage…, balbutie-t-elle, dans le même chuchotement. Elle tremble, surprise en flagrant délit de liberté.

Elle lit dans ses yeux tout ce qu'il ne dit pas, ce qu'il n'a pas besoin de dire. On ne se promène pas impunément seule sur une plage déserte de si bonne heure! Oui. Elle le sait. C'est d'ailleurs cela qui aiguise son plaisir: le sentiment de braver un de ces nombreux interdits qui brident sa vie.

Il l'écarte d'un geste brusque, pousse la porte, tourne la clé qu'il enlève. Puis il se détourne, encore frémissant d'une colère qu'il n'a pas su exprimer. Comme toujours.

Debout dans l'entrée de sa chambre, elle le regarde refermer la porte sur ses silences et ses colères.

Elle s'assoit dans un coin du patio et se recroqueville dans l'attente du jour.

Pleine de tristesse et de lassitude, elle ferme les yeux. Au nom de quelles lois absurdes, incompréhensibles, doit-elle toujours renoncer à dire, à faire? Avoir toujours à l'esprit ce qui se fait, ce qui ne se fait pas. Obéir à ceux qui veulent régir sa vie: son frère, sa mère et tous les autres. Vivre sous les regards qui jugent, qui jaugent, qui agressent, qui condamnent. Des blessures incessantes qui lui donnent parfois envie de se battre, mais la laissent surtout meurtrie et vulnérable.

Peu à peu autour d'elle le silence se peuple de bruissements imperceptibles.

À travers le maigre feuillage du bougainvillier accroché vaillamment à l'un des murs du patio, une clarté plus franche s'installe, inéluctable victoire de l'aube sur les ténèbres.

Dans quelques instants, sa mère se lèvera, ouvrira la porte de sa chambre et s'étonnera de la trouver si tôt réveillée. Elle aussi posera des questions. Tout ce qui déroge aux habitudes devient vite suspect ici. Sa mère a besoin de repères pour baliser sa vie.

Nadia se lève pour regagner sa chambre.

Rien n'est venu troubler les songes innocents de Fériel toujours endormie. Il faut les préserver.

Doucement, tendrement, Nadia ramène sur elle le drap froissé.

2

Ils sont là, dans la petite maison prêtée par l'oncle pour l'été. Tout un été au bord de la mer ! C'est un peu comme un rêve. Un rêve si fragile qu'au matin, on ose à peine ouvrir les yeux et les fenêtres sur l'immensité saisissante et bleue de la mer et du ciel confondus.

Chaque jour, depuis qu'ils sont là, le même éblouissement, en plein dans les yeux, en plein dans le cœur !

C'est, tout au bout d'un petit village, une petite maison : quatre pièces autour d'un patio s'ouvrant presque à la dérobée sur un escalier taillé à même la roche. Quatre pièces à peine meublées. Dans la chambre qu'elle partage avec sa sœur, Nadia dort sur un matelas à même le sol.

Il leur suffit de descendre pour retrouver la plage.

S'asseoir là où le sable n'est jamais brûlant sous les pieds, à l'endroit où viennent mourir les vagues, avec parfois des sursauts inattendus qui les obligent à battre en retraite.

Jamais, jamais rassasiés.

Il y a Salim. Il promène partout ses quinze ans affamés de grand air, son corps d'adolescent gracile et maladroit. Nourri d'air et de lumière, il grandit à vue d'œil, comme une plante qui aurait retrouvé son milieu naturel.

Il y a Fériel, la petite sœur. Toute en bondissements, en jaillissements désordonnés. Son corps brûlé de soleil se dégage difficilement des rondeurs potelées de l'enfance. Très vite, elle a appris à nager, comme si elle n'avait fait que ça toute sa vie.

Et puis, il y a l'autre frère, Djamel. Cette ombre furtive qui traverse leurs vies en silence…

3

La nuit, les yeux ouverts, Nadia écoute. Elle écoute la mer.

La mer monte en elle comme un lent désir. Un halètement. Battements réguliers des vagues contre son corps bercé comme aux premiers jours. Plus loin encore.

Et lorsque enfin elle s'endort, la mer encore berce ses rêves.

Le jour, le soleil modèle brutalement le contour de ses perceptions, lève immédiatement les brumes, dissipe les nuages du matin. Perfection absolue d'un ciel qu'on dirait lavé de toute équivoque, pénétrant la mer là-bas au loin, se confondant avec elle dans une immobilité si parfaite, si intense qu'elle en est presque douloureuse.

Au bord de l'eau, elle s'assoit et regarde, à s'en faire mal aux yeux, la mer étale, aveuglante.

Dans la petite maison toute blanche accrochée aux rochers, au-dessus, juste au-dessus de la mer, Nadia veut oublier. Tout oublier. Sa vie jusqu'à présent. Tout ce qui la déchire et qui l'entrave.

D'abord cette guerre qui ne dit pas son nom, plus terrible encore que l'autre, la vraie, celle où l'ennemi se découvre, s'affronte à visage découvert. Ces visages sombres, pleins de haine dans les rues, au seuil des maisons. L'angoisse qui laboure les cœurs au seuil de chaque nuit et les matins où l'on retient son souffle. Les voiles noirs que l'on veut jeter sur sa vie. La mort. Les morts chaque jour annoncées, les cimetières chaque jour visités.

Oublier ! Elle a dix-huit ans, Nadia, et elle veut vivre. Vivre ses dix-huit ans brodés d'impatience, de désirs imprécis et fugitifs. À pleines mains, retenir ces journées bruissantes de lumière, légères, dorées, transparentes dans la chaleur, dans le bonheur d'un été pas comme les autres.

Oublier la moiteur calfeutrée de leur appartement. La symétrie abrupte et sans âme des murs rectilignes des immeubles.

Laisser vibrer en elle cette attente. Sans savoir d'où elle vient. Une attente exaspérante, têtue. Un peu comme ces odeurs de jasmin qui rôdent dans les vieux quartiers de la ville, les soirs d'été où l'on cherche en vain un peu de fraîcheur derrière les volets clos.

4

Alger. Cité des 1200 logements. Quelque part à la périphérie de la ville.

De là, la mer furtivement entrevue n'est plus qu'une flaque immobile, inutile, et les bateaux en rade ne font même plus rêver de voyages.

Pour ceux de la cité, l'été, c'est un bloc d'ennui et de chaleur tout ensemble. L'ennui que l'on traîne le long de jours interminables, que vainement l'on essaie de tromper, que pas un souffle d'air ne vient distraire. Des journées qui s'additionnent, exactement semblables, et l'on n'ouvre pas les fenêtres, histoire de ne pas voir le soleil qui désespérément s'attarde sur la ville.

Alger autrefois blanche s'abandonne à l'inertie sous un ciel insupportablement bleu.

Alger se redécouvre bardée de chars et de militaires en treillis.

Alger se réveille en sursaut au bruit des détonations qui déchirent le silence de ses nuits.

Le jour, ceux de la cité occupent les terrains

vagues tout autour des immeubles. Poussière, cailloux et détritus. Corvées d'eau entre deux parties de football. Tuer le temps, disent-ils, rien que le temps.

Et puis, à l'heure du couvre-feu, ils se replient dans les cages d'escaliers obscures et nauséabondes. Ils essaient de défaire la nuit et la peur de leurs plaisanteries et rires mêlés. Nadia les entend parfois de sa chambre. Quelques raclements de guitare, des refrains repris en sourdine. Retardant le plus longtemps possible le moment où ils devront rentrer dans un appartement trop petit, trop sombre, chargé des rancœurs inexprimées d'une mère qui ne les écoute pas – qui ne les écoute plus – et des colères irraisonnées et brutales d'un père qui ne leur parle pas – qui ne leur parle plus.

5

Perdue à la lisière de deux mondes qui s'affrontent aujourd'hui, qui est-elle ?

Saura-t-elle dire ses élans, son désir d'être ?

Le saura-t-elle, dissimulée derrière les masques qu'on l'oblige à revêtir ? Sa façon de parler, de rire, de marcher, de s'habiller...

Toujours, partout présents, les regards, le poids des regards. Obsession.

Dire qu'elle voudrait être eau vive des torrents. Mais elle n'a jamais vu de torrent. Elle en pressent seulement les turbulences, la transparence...

Ou bien fleur de coquelicot, cachée dans l'herbe. Poupée de coquelicot dont autrefois elle retournait les pétales. Robe de soie écarlate et fragile qui sur les doigts laissait des traînées de douceur.

Peut-être encore ces étendues arides de sable, à peine marquées par le souffle des vents, par l'empreinte d'un pas. Solitude.

Ce qu'elle aime ?

Elle aime tant son pays qu'à prononcer son nom,

il lui vient aux lèvres un goût âpre et brûlant de sable et de soleil.

Déchirures.

Ce qu'ils ont fait de son pays…

Petite, toute petite, perdue au milieu des résurgences d'un passé pétrifié que des prédateurs vêtus d'étranges défroques s'obstinent à faire renaître à la pointe de sabres et de couteaux aiguisés au fil de leur haine inextinguible, dévastatrice.

Vivre !

6

Dans le silence des matins calmes, Nadia ferme les yeux. Elle se souvient.

Des réminiscences, des images surgies d'elle ne sait quelles profondeurs se répercutent sur les parois de sa mémoire attendrie.

C'était une autre maison, dans un autre village. Son village natal.

C'était avant. Avant la mort de son père.

Une grande maison, toute blanche elle aussi. La sécurité, la solidité de murs hauts comme des remparts. Des coulées de ciel tendre à travers les pampres mordorés de la vigne qui courait au-dessus de la cour intérieure. Une tendresse qui accompagnait chaque instant de sa vie. Avant. Quand elle puisait dans le sourire de son père l'assurance tranquille de ceux qui se savent aimés.

Le silence des longues siestes parcourues de chuchotements fébriles et de rires étouffés. Et soudain, à l'heure précise où l'ombre atteignait la première marche de l'escalier – oh! ce glissement lent ! – les bousculades, les cris. Les femmes sortaient des chambres où elles s'étaient enfermées. Et l'on jetait sur les dalles brûlantes de la cour des seaux d'eau glacée tirée du puits à la margelle si haute.

Les enfants s'interposaient dans l'espoir de recevoir quelques gouttes de fraîcheur avant d'être rabroués par les mères affairées. Vite, on disposait sur le sol des peaux de mouton, de grands carrés de tissu matelassé, et l'on sortait les grands plateaux de cuivre chargés de tasses et de verres à thé. De la cuisine encore étouffante s'échappaient, intimement mêlées, des odeurs de menthe et de café, de galette chaude et fondante dont on se disputait les morceaux.

Comme ils étaient nombreux dans cette maison ! De plus en plus nombreux au fil des mariages et des naissances successifs. Et la maison familiale s'étirait, comme poussée de l'intérieur. Seule était restée intacte la grande cour dallée de pierres blanches polies par les courses des enfants.

7

Sa mère est assise sur le carrelage frais du patio. Seule. Gagnée par une indolence inhabituelle, elle s'oublie à rêver.
Même les heures ici s'écoulent autrement.
Elle attend.
Patience inaltérable de ces femmes qui ne savent, qui ne peuvent qu'attendre.
En cet instant, elle attend ses enfants. Nadia, Salim, Fériel. Ils vont revenir de la plage. La cour s'emplira de cris, de rires et de sable. Ils se disputeront le tuyau raccordé au robinet pour se rincer les pieds à l'eau claire et glacée. Ils se bousculeront dans la cuisine, affamés, prêts à dévorer tout ce qui leur tombera sous la main.
Plus tard viendra l'autre fils, Djamel. Il traversera la cour sans un mot, sans un regard, et s'enfermera dans sa chambre d'où il ne sortira qu'à l'heure de la prière.

8

La mort de son père fut pour elle le premier déchirement, la première blessure.

Elle a huit ans. Une voix rêche, aride, raconte une histoire qu'elle n'a pas inventée. La voix de sa mère peut-être – Nadia ne s'en souvient pas.
Les mêmes mots, toujours.
Son père. Il venait vers eux dans l'éclat du soleil d'un beau jour de printemps. Il n'a pas vu le long galop d'un cheval fou surgi au-devant de la voiture. Un cheval fou dressé dans une dernière ruade, juste au-dessus… Il ne l'a pas vu.
Brisements. Éclats de verre miroitant au soleil. Éclats de vie déchiquetée.

La mort, c'est un long hurlement qui déchire un clair après-midi de printemps.
C'est le visage de sa mère, strié de larmes et de griffures sanglantes.
C'est cette foule confuse, hurlante autour d'une

forme vague posée sur le sol, recouverte d'un drap blanc. Une forme qu'on lui dit être son père…

Stridence, stridence d'un clair après-midi de printemps.

C'est une petite fille qui erre et qui s'étonne. Qui se heurte au désespoir raide et silencieux des hommes portant sur leurs épaules un long catafalque aux couleurs du printemps.

Ces voix qu'elle ne veut plus entendre, qui psalmodient.

Odeurs de couscous. Des femmes dans les cuisines fumantes.

Souvenirs acérés dont la pointe fouaille encore ses rêves.

9

Spectacles sur la plage.
Les habitués se retrouvent. En famille. Presque toujours à la même heure. Le matin puis l'après-midi.
Rituels immuables : ils plantent leur parasol au même endroit que la veille, et dans un même geste déroulent leurs nattes, déplient leurs chaises avant de s'installer.
Ils partagent le même été et sans doute le même désir de faire comme si rien ne pouvait les atteindre ici. Étrangement rassurés par la vue de gendarmes en tenue arpentant la plage de temps à autre.
Dans l'eau, les corps retrouvent une légèreté, un bien-être oubliés. Et les fronts ne se plissent plus que dans la lumière trop vive du soleil.
On s'adresse maintenant des signes de reconnaissance, des sourires, des banalités sur le temps – toujours beau –, sur la température de l'eau. Les enfants, sous l'œil attentif et vigilant des mères ou des grandes sœurs, se disputent un ballon, s'éclaboussent à grands cris. Un été sans histoires.

D'ici, on n'entend pas le bruit des armes que l'on recharge, les cris, les râles de ceux qui tombent sous le soleil. Ailleurs. Peut-être pas très loin. Et l'on rentre dès que le soleil en se couchant laisse traîner des flaques rouges sur la surface paisible de la mer.

Et lorsque aux dernières lueurs du jour passent des jeunes filles en maillot, la tête haute, belles et sereines, les vagues hésitent sur l'empreinte de leurs pas.

De chaque côté de la baie les rochers se recourbent, comme une parenthèse.

10

S'il te plaît, raconte-nous une histoire…

Sa voix dans l'ombre douce du patio n'est plus qu'un long chuchotement. Sa main se perd dans les cheveux de Fériel endormie à présent, bercée par la lente caresse.

Nadia raconte. Quelle brusque nostalgie étreint sa voix, fait trébucher les mots au seuil de sa gorge serrée ? Elle ne sait si sa mère écoute. Seuls les yeux de Salim assis à ses pieds luisent encore au cœur du silence.

Aucun bruit ne s'échappe par la porte entrouverte de la chambre où dort Djamel. Peut-être qu'il ne dort pas. Peut-être que reviennent dans sa mémoire, ensevelis sous des monceaux de certitudes nouvelles, les souvenirs des jours anciens…

S'il te plaît, raconte-nous une histoire… Cela commençait toujours ainsi.

Les pans d'une couverture jetée sur une table devenaient les murs de leur maison. Leur isoloir. Et là, serrés les uns contre les autres, dans l'obscurité et dans la chaleur de leurs corps immobiles, ils écoutaient. Nadia déroulait pour eux des tapis volants et ils s'embarquaient. Hors du temps. Hors de l'espace réduit de leur vie. D'un mot, elle écartait les barreaux et lançait leur imagination à la poursuite de mondes lumineux et enchantés d'où ils revenaient éblouis.

Toute petite déjà, elle avait, elle savait le pouvoir, la force, la passion des mots qu'elle retrouve aujourd'hui, simplement, doucement. Comme avant. Comme lorsque, sans cesse sollicitée, elle était leur faiseuse d'histoires.

11

Allongée au soleil, Nadia glisse dans une chaude torpeur.

Pas envie de bouger, d'ouvrir les yeux, de se laisser distraire de cet instant.

Répit.

Sur son corps, sur sa peau, le soleil, brûlure vive, désirée. Loin, le bruit des voix, le clapotis des vagues. Rumeurs profondes, assourdies, comme enfermées dans une conque.

Fériel parfois vient se poser près d'elle. À peine quelques secondes, et puis elle repart dans un jaillissement de sable. Sa joie éclate en mille petits tourbillons avides, pressés.

Sa mère ne descend jamais sur la plage. Rien que le mot, déjà, résonne dans sa bouche comme un blasphème. Elle ne trouve pas de mots pour fustiger l'indécence de ces corps à demi nus s'offrant au soleil et au regard des autres en ces temps de ferveur religieuse retrouvée, affichée.

« Si ton oncle Omar n'avait pas insisté… »

Elle grommelle, encore étonnée, presque irritée de n'avoir pas pu, de n'avoir pas su refuser. Mais c'est son frère, son frère aîné !

Elle va et vient dans la maison avec la fébrilité d'une fourmi. Il lui faut, chaque jour, laver à grande eau le carrelage vieilli et craquelé de chaque chambre, aérer, frotter les murs, traquer les grains de sable qui crissent sous les pieds. Elle va et vient sans trêve. Quelle obsession précipite ses pas ? Épuisant ballet, chaque jour recommencé.

Elle s'arrête, ramène sur son front le foulard qui glisse, relève le bas de sa robe trop longue, le passe dans sa ceinture et repart vers d'autres occupations dans la cuisine.

Pendant ce temps, allongée sur le sable, Nadia ferme les yeux.

12

C'est la fin de la semaine. Par vagues successives, des hordes d'estivants arrivent. Des estivants d'une autre espèce.

Déversés tôt le matin à grand bruit de ferraille par des cars poussifs et poussiéreux, ils envahissent la plage.

Pendant deux jours, la plage leur appartient. Descendus des villages avoisinants, ils viennent s'installer, le dos à la mer. À l'affût. Armés de sacs, de transistors soigneusement recouverts de plastique, de lunettes de soleil, ils investissent les lieux avec l'assurance de ceux qui savent qu'ils sont partout chez eux.

Ils ne se déplacent qu'en groupes. Des jeunes gens, des hommes moins jeunes, accompagnés parfois d'enfants. Des garçons surtout. Quelques fillettes, pas encore nubiles.

Couleurs de leurs bermudas longs, bariolés, plaqués sur des formes qu'ils espèrent avantageuses.

Les plaisirs sont nombreux sur la plage.

Au passage d'une jeune fille, leur désir exacerbé par le poids lancinant des frustrations accumulées tout au long de leurs rêves solitaires allume dans leurs yeux des lueurs troubles.

Ce sont ceux-là mêmes qui interdisent toute sortie à leurs femmes ou à leurs sœurs, de peur qu'elles n'excitent les convoitises de leurs semblables.

Effrayée par la concupiscence à peine déguisée qu'elle a pu lire dans les regards qui accompagnent le moindre de ses mouvements, Nadia a renoncé à se baigner ces jours-là.

Puis elle a renoncé à sortir de la chambre.

Premières ombres, premières contraintes. Comme un rappel à l'ordre, une menace dans le ciel pourtant si bleu.

13

Personne ne veut répondre à ses questions.

Tu ne vas pas refaire le monde, répètent-ils. Comme si, déjà, le seul fait de poser des questions pouvait déranger le monde !

Même en classe, parce qu'elle voulait tout savoir, tout saisir, elle dérangeait. D'abord à l'école primaire, puis au collège. Elle a dû apprendre à se taire. Rentrer dans le rang. Elle a très vite compris que pour être la meilleure, il lui fallait seulement restituer, comme une nourriture mal digérée, avec le même dégoût, ce qu'on lui enseignait. Rien de plus. Se conformer à ce que tous attendaient d'elle.

Ainsi, elle a franchi toutes les étapes, jusqu'au bac. Avec des félicitations sur ses bulletins scolaires.

Les vraies réponses, elle doit les chercher ailleurs.

Seule.

14

Autour d'elle, des groupes se sont formés.

Garçons et filles. Ensemble. Leurs jeux, leurs gestes, leurs rires résonnent comme un défi, une insolence. Un garçon s'éloigne. Puis une fille. Leurs gestes furtifs, hésitants... Ils se retrouveront là-bas, au-delà des rochers, de l'autre côté de la baie. Seuls. À l'abri des regards indiscrets.

Et dans les yeux de ceux que l'évidence de ce bonheur dérange, se lèvent des images, des regrets peut-être, des rêves depuis longtemps oubliés.

Images si fortes, si douces qu'aussitôt ils s'en détournent de peur de s'y laisser prendre.

Nadia ne connaît personne. Elle descend avec Fériel et Salim. Ils l'abandonnent très vite, impatients de bouger, impatients d'emplir leurs yeux, leurs mains, leur vie, de sable, d'eau et de lumière. Jusqu'à plus soif.

Elle reste seule le plus souvent.

De longues heures lentes et paresseuses.

Quelques incursions dans l'eau pour se rafraîchir

quand la brûlure du soleil se fait trop forte sur la peau.

Fériel a une amie: Imène. C'est, depuis quelques jours, sa découverte, sa passion. Une fillette qui lui ressemble. Vive et rieuse comme elle. Des yeux sombres qui lui mangent le visage. Des cheveux décolorés à force de soleil.

Partout elles vont ensemble. Elles se tiennent la main même pour sauter au milieu des vagues. Se perdent et se retrouvent dans les éclaboussements dorés de leur insouciance.

Fériel et Imène. Imène et Fériel. Pareilles.

« Elle habite là-haut; tu vois, là-bas, la grande maison blanche avec beaucoup d'arbres autour? » Fériel montre la maison enfouie dans un immense jardin dont les arbres cachent en partie la façade.

Et puis un soir, Fériel est invitée chez son amie. Elle a tant insisté, supplié, que sa mère a dû accepter. À contrecœur.

Heureuse, légère, Fériel ouvre la porte et s'en va. Elle reviendra avant la nuit, elle l'a promis à sa mère.

Nadia la regarde partir, frêle silhouette qui danse sur le chemin. Nadia ne le sait pas encore, mais c'est maintenant que va commencer son histoire.

15

Voilà plus de dix ans que Nadia n'a pas revu son grand-père. Qu'elle n'a plus jamais franchi le seuil de la grande maison où elle est née.

Jamais son grand-père paternel ne leur a pardonné leur fuite. Car, un jour, ils avaient fui.

Elle le revoit, debout devant la porte. Gandoura et chèche blancs, immaculés. Le plus vieux des notables du village. Craint, respecté, écouté de tous.

Au moment du départ, il ne s'était pas penché sur elle lorsqu'elle s'était accrochée à lui pour l'embrasser. Il avait détourné la tête au moment où avait démarré la voiture conduite par l'oncle qui était venu les délivrer. Il n'avait pas vu les signes que, longtemps, Nadia agenouillée à l'arrière de la voiture lui avait adressés. Elle n'avait pas compris.

Arrachement insupportable.

Lorsque sa mère raconte cet épisode de leur vie, Nadia se lève, quitte la pièce.

Sa mère raconte. Elle rappelle les brimades, les humiliations, l'enfer qu'était devenue sa vie depuis la mort de son mari. Ravalée au rang de domestique pour faire accepter sa présence, elle avait subi toutes les avanies en silence. Supporté les belles-sœurs arrogantes, fortes de la présence de leur époux. Sans homme, une femme n'est plus rien. Elle dit sa longue réclusion, l'autorité despotique du grand-père – Sidi, continue-t-elle à l'appeler cependant, avec respect.

Jusqu'au jour où son frère, Omar, l'aîné – que Dieu le bénisse et le protège de tous les maux ! – l'avait arrachée à cette famille qui n'était plus la sienne. Une délivrance, dit-elle.

Nadia n'a pas souvenir de brimades ou d'humiliations. Peut-être les a-t-elle enfouies dans les replis les plus inaccessibles de sa mémoire.

Même son grand-père, ce vieillard sévère et taciturne, savait tempérer pour elle sa rudesse apparente.

Elle le rencontrait parfois, peut-être un peu trop souvent pour que cela fût seulement un hasard, sur le chemin de l'école.

Il y avait entre elle et lui, elle s'en souvient encore aujourd'hui, une étrange complicité, comme une entente secrète, d'eux seuls perceptible.

Elle mettait sa main dans la sienne et ils cheminaient ensemble. Souvent, ils s'arrêtaient devant la grande librairie de l'avenue principale et là, il lui demandait de choisir ce qui lui faisait envie parmi toutes les belles choses exposées en vitrine. Elle choisissait un cahier, un livre, des crayons qu'elle s'empressait de cacher dans son cartable pour les soustraire à la convoitise des nombreux cousins et cousines.

C'est à lui sûrement qu'elle doit cette émotion, chaque fois qu'elle rentre dans une librairie, chaque fois qu'elle ouvre un livre. Il n'était jamais allé à l'école : son père, qui refusait toute intrusion des *Roumis* dans sa vie familiale, l'en avait empêché. Et plus tard, il avait rejoint le maquis, dès les premières heures de l'embrasement. Mais il avait tant de respect pour le savoir, pour la chose écrite !

Elle l'écoutait, heureuse seulement d'être avec lui, de l'entendre parler, et elle sautillait sur la route.

Et plus tard, comme elle avait souffert de sa transplantation ! Elle se cognait comme un insecte pris au piège, contre les murs des chambres minuscules de l'appartement où les avait installés l'oncle Omar. Elle se sentait trahie, doublement. D'abord par son père, par la mort de son père ressentie comme un abandon inacceptable. Puis par sa mère. Par sa faute elle était séparée des êtres et des lieux qui lui étaient les plus chers.

Non, jamais les lumières violentes d'Alger ne remplaceraient la clarté vacillante et fragile de la petite lampe allumée tous les soirs au-dessus de la porte d'entrée d'une maison qui n'était plus la sienne.

16

Faut-il qu'elle dise qui est son frère ? Trouvera-t-elle les mots ?

Avec quels mots dire le silence ? Car il n'est que silence, son frère. Obscurité et silence. Traversés parfois de colères, comme des éclairs. Il est grand, déjà plus grand qu'elle. Maigre. Incroyablement. C'est cela seulement qui fait le désespoir de sa mère.

Fragile, dit-elle, sa mère, avec dans les mains, dans le regard, l'envie évidente de le caresser, de le protéger. De le protéger ? Le saurait-elle ?

Une barbe naissante, clairsemée, s'attarde en ombres duveteuses sur les contours encore hésitants de son visage émacié. Des zones d'ombre trouées de lumière, l'éclat de ses yeux noirs profondément enfoncés dans leurs orbites.

Enfermé, enlisé. De plus en plus seul. De plus en plus loin. Tourné définitivement, exclusivement, vers ce que d'aucuns lui ont dit être la seule vérité, la seule justice, même si c'est de cette justice que doivent mourir des hommes innocents.

17

Tous les soirs désormais, Fériel est chez Imène. Chaque jour un peu plus longtemps. Les journées sont si longues.

Dans le patio silencieux, la lumière dessine des pointillés iridescents sur les murs pâles puis se retire, lentement, comme à regret.

Silence. Silence à peine troublé par le froissement des pages tournées.

Nadia lit. Une brise légère ramène sur ses yeux les franges du foulard qu'elle s'est amusée à nouer sur sa tête. Les taches éclatantes de sa robe retiennent encore un peu la lumière qui tremble au rythme de son souffle.

Instant fragile, comme suspendu à un fil dont bientôt, c'est écrit dans le Coran, on ne saura plus dire s'il est blanc ou noir.

Nadia n'aime pas le mot crépuscule.

Sous ses yeux fatigués, les mots qu'elle s'obstine à deviner ne sont plus que des signes. Noirs sur les pages blanches.

Dans quelques instants, des milliers de corps pressés les uns contre les autres, étroitement pressés pour ne laisser aucun espace par où pourraient s'insinuer les forces du mal disent-ils, des milliers de corps tournés vers les lieux sacrés se prosterneront dans la lumière crue des salles de prière.

Prier, oh oui, prier pour que s'éloignent les forces du mal.

Prier, au nom de Dieu Clément et Miséricordieux.

Nadia lit. Elle n'entendra pas l'appel des muezzins.

Elle lit comme on entre en prière, avec la même ferveur mystique, le même respect attentif. Le même oubli de soi et des autres.

Elle n'entendra les coups frappés à la porte que lorsqu'ils se feront plus insistants.

Elle hésite avant de se lever. Elle titube presque, comme éblouie par un soleil trop violent, comme lorsque tiré d'un rêve, on doit fermer les yeux pour se réhabituer à une réalité soudain obscure.

Debout, à quelques pas de la porte, un jeune homme inconnu est là, qui la dévisage. Nadia appuie sur le bouton de l'interrupteur pour éclairer l'entrée.

Surgissant derrière lui, Fériel se précipite dans le patio. Il est toujours là, debout, et continue à la dévisager sans rien dire. Le bras posé sur la porte, Nadia le regarde. Elle ne distingue pas ses traits.

Elle est pieds nus. Un léger courant d'air s'engouffre dans sa robe et fait danser les franges de son foulard.

—Bonsoir, je vous ramène Fériel, dit-il; comme il est tard, j'ai préféré la raccompagner.

Elle ne répond pas tout de suite. Et déjà il se détourne, sans attendre.

—Merci, réussit-elle à bredouiller quelques secondes trop tard.

Il est déjà loin.

Elle referme la porte et revient lentement vers le patio à présent éclairé. Pourquoi l'a-t-il regardée si longtemps?

—Fériel, appelle-t-elle, viens ici! Dis-moi, qui est-ce?

—Lui? C'est Karim, le cousin d'Imène. Il passe quelques jours chez eux. Tu sais, il n'a pas voulu me laisser rentrer seule parce qu'il faisait nuit. Maman n'a rien dit?

—Non. Rien. Mais il ne faut plus que tu t'attardes autant. Tu risques d'être punie la prochaine fois!

—Je sais, mais comme il y avait du monde chez eux, on n'a pas fait attention à l'heure. Salim est rentré?

Fériel s'en va déjà, pressée de retrouver son frère, de lui raconter ses histoires, de remplir de son bavardage, de cette vie qui déborde d'elle si généreusement encore, la maison silencieuse.

Machinalement, Nadia défait le nœud de son foulard. Pourquoi l'a-t-il regardée ainsi? Il a dû... mais c'est vrai, elle doit avoir une drôle d'allure avec sa robe... une vraie paysanne! Ses cheveux libérés tombent en vagues sombres sur ses épaules. Elle s'ébroue comme pour se débarrasser de ces préoccupations inhabituelles et… complètement déplacées, pense-t-elle en haussant les épaules.

D'autres coups à la porte. Salim, haletant, les cheveux mouillés, fait irruption dans la petite cour, ramenant avec lui un souffle vivifiant. Il lui fait un clin d'œil complice, pose un doigt sur ses lèvres avant de s'éclipser discrètement pour se rincer les jambes et s'habiller avant de se montrer.

Nadia se hâte de répondre à sa mère qui l'appelle pour les derniers préparatifs du dîner.

Tout se remet en place.

Ils s'installent autour de la table basse sans attendre Djamel qui mangera tout à l'heure, seul dans la cuisine.

18

Les jours sont toujours bleus et la mer étale, tranquille.

Nadia est sur la plage.

Près d'elle, Fériel et Imène creusent de grands trous dans le sable puis élèvent tout autour des remparts fragiles et compliqués faits de sable mouillé qu'elles laissent filer entre les doigts. À leurs pieds, une moisson de coquillages, d'algues verdâtres et de galets ramassés au bord de l'eau, attend de servir d'ornements à cet étrange édifice.

Assis à quelques mètres, Karim, le cousin d'Imène, les regarde.

Il lui a souri ce matin lorsqu'elle passait près de lui.

Elle sent, sans même tourner la tête, la brûlure de son regard sur elle, plus forte encore que la brûlure du soleil.

De temps à autre, leurs regards s'effleurent puis se dérobent aussitôt que saisis.

Un curieux malaise est en elle. Un sentiment

indéfinissable. Un peu comme un mal dont on a la prescience sans pouvoir en situer ni les causes, ni l'étendue.

Karim se lève et, au passage, jette une poignée de sable sur Fériel. Elle bondit et le poursuit dans l'eau en poussant de grands cris.

Puis ce sera le tour de Salim. Ils bousculent la quiétude de ce matin d'été avec leurs courses sur la plage, leurs concours de plongeons, leurs parties de ballon... Fériel est ravie, Karim joue presque aussi bien qu'un enfant, et il ne sait rien lui refuser.

Tandis qu'il court, qu'il joue, qu'il nage, Nadia peut l'observer sans avoir peur d'être remarquée.

Il y a en lui quelque chose de différent. Pas tant son aspect physique. Quelque chose de nouveau pour elle qui ne connaît que ses camarades de classe, des garçons légers, inconsistants. Cela vient peut-être de l'impression qu'il donne d'être en accord avec tout ce qui l'entoure. L'impression aussi de ne pas se soucier des regards, d'être lui-même. Et puis sa façon de marcher, de s'asperger d'eau avec délices avant de plonger, de rejeter ses cheveux en arrière en sortant de l'eau, de rire à grands éclats et, surtout, de poser sur elle un léger sourire, presque timide. Souvent. Comme si, par-dessus tout ce qui les sépare, il voulait jeter des ponts.

Mais elle refuse de s'y engager, craignant peut-être ce qu'elle pourrait trouver sur l'autre rive.

Quelques jours encore se poursuivra l'étrange manège des regards volés, des sourires à peine esquissés.

Et pendant ce même temps, Nadia ne comprend pas pourquoi, sans raison aucune, plus rien autour d'elle n'a la même consistance, les mêmes couleurs, la même saveur. Le soleil décidément est trop chaud, la mer trop belle, les nuits trop longues et ses rêves trop déroutants.

19

Les seules vraies histoires, les seules belles histoires sont celles que l'on lit, celles qu'on entend dans sa tête au fil de pages tournées, ces vies qui courent le long des lignes, dites avec des mots qui sont des parfums, des couleurs, des cris de souffrance aussi – et des rêves.

Tout ce qu'elle sait, et qui est plus vivant que le monde autour d'elle, elle l'a appris, elle l'a découvert dans les livres.

Les livres que toute petite déjà, elle dévorait à s'en user les yeux.

Les livres que lui arrachait sa mère le soir avant de l'envoyer dormir. Dangereuses fréquentations.

Désemparée, elle les ouvre à présent, s'y accroche comme à des certitudes depuis longtemps éprouvées.

Elle a trouvé un jour dans la cave de la maison de son oncle, juste avant de venir ici, un carton déposé dans un coin. Oublié depuis des lustres sans doute. Entassés dans ce carton, des livres. Des dizaines de vieux livres, aux pages écornées et jaunies, craquantes sous les doigts. Ils semblaient l'attendre, attendre qu'un regard, qu'une main leur redonne vie. Et lorsqu'elle les avait ouverts, ils avaient exhalé une odeur étrange de poussière et d'oubli.

« Tu peux les prendre, avait dit son oncle ; personne ne les lira jamais. » Nadia les avait emportés chez elle, plus heureuse que si elle avait découvert un trésor.

Le soir, auprès de Fériel vite endormie, elle s'allonge sur son lit et à la pâle lueur de l'ampoule qui éclaire sa chambre, elle tente d'apprivoiser ses impatiences, de suivre d'autres routes que celles où s'engagent ses pensées rétives. Mais les pages sous ses yeux sont comme embuées de rêves.

Et quand elle découvre au hasard de ses lectures – pourquoi justement maintenant ? – criés par une autre jeune fille au nom étrange d'Antigone, les mots qu'elle n'a jamais pu dire, quand elle retrouve, page après page, le même désir éperdu de beauté et de liberté, le même refus des mensonges et des compromissions, la même souffrance exacerbée à l'idée de dire oui à tout ce qui n'est pas juste, à tout ce qui n'est pas vrai, elle pleure enfin, sans vraiment savoir pourquoi, peut-être simplement parce qu'elle se sent délivrée de n'être plus seule.

Ce soir-là, elle éteint la lumière. Elle ouvre la fenêtre et regarde longtemps le ciel criblé d'étoiles, immensité sombre, insondable, immuable, sans y trouver l'écho de sa désespérance. Et ses désirs et ses rêves ne sont que des mots dans les livres, des mots dans sa tête.

20

Des silhouettes sombres courent sur la plage, se poursuivent, se bousculent, s'interpellent puis se jettent dans l'eau en poussant de grands cris.

Nadia se penche pour suivre leurs ébats. Ils ne quitteront la plage qu'à la tombée de la nuit. Salim est parmi eux. Elle reconnaît sa voix, son rire.

Assise à la fenêtre de sa chambre, elle s'engourdit dans cet instant, seule dans la petite pièce, fondue dans la clarté déclinante du jour.

Des bruits de vaisselle entrechoquée, des odeurs s'échappent de la cuisine.

Présence de sa mère. Indissociable des bruits et des odeurs de cuisine.

Odeurs collées à ses vêtements, imprégnant sa peau, sa chevelure pourtant toujours recouverte d'un foulard.

Parfums de mère nourricière.

C'est cela sa mère. Elle est tout entière dans ces gestes ancestraux qu'elle n'a même pas eu besoin d'apprendre.

Les mains de sa mère pétrissent le pain, s'enfoncent dans la pâte. Odeur aigre du levain.

Ses doigts rougis éparpillent les grains brûlants de couscous dans la grande assiette de bois. Ses bras, chair blanche et déjà flasque. Vapeur. Odeurs.

Odeur de coriandre hachée parfumant la soupe. Odeur qui les accueille au seuil de la porte chaque jour du ramadan.

Odeur tenace, écœurante de douceur, odeur de friture et de miel, gâteaux des jours de fête.

C'est cela sa mère.

Ce qui pour elle est essentiel, la vie, l'amour. L'amour de ses enfants. L'amour qu'elle ne sait dire. L'amour qu'elle ne sait que fabriquer avec ses mains, enfermée tout le jour dans sa cuisine.

L'amour qu'elle distribue à grandes cuillères. Dont elle remplit leurs assiettes. À déborder.

C'est cela sa mère. Rien que cela.

Dans la petite maison offerte à la fraîcheur du large, Nadia respire d'autres parfums. Des senteurs vives et salées balaient la chambre, laissent sur sa peau, sur le drap dont elle se couvre la nuit, une âpreté nouvelle, presque grisante.

21

Toute la matinée, elle attend qu'il arrive, qu'il apparaisse là-haut sur le petit chemin qui borde la plage. Elle se retourne. Sans cesse elle croit apercevoir, dans le miroitement trompeur du soleil au-dessus de la route poudreuse, la silhouette espérée. Attente. Attente insupportable et vaine.

Lorsqu'elle comprend qu'il ne viendra pas, elle comprend aussi pourquoi la plage lui semble si vide ce matin, pourquoi l'espace autour d'elle s'est soudain rétréci pour n'être plus qu'une insupportable absence.

Midi. Il faut remonter.

Midi. Ses pas hésitants sur le sable brûlant. Bienfaisante douleur.

Et sur le chemin creux, nulle ombre pour adoucir la netteté tranchante de la clarté insoutenable.

Et puis, toute proche, comme un mirage à travers les vibrations de la chaleur, la grande maison blanche cachée derrière les arbres. C'est là qu'habite Imène…

Nadia avance. Elle ne sait d'où lui vient cette

audace nouvelle qui guide ses pas. Jamais elle ne s'est aventurée seule dans les rues du village. Elle retient son souffle dans l'attente et son cœur bat au rythme de ses pas, pressé, tremblant.

Une rue ombragée, presque fraîche. Une grille ouvragée court autour du jardin. Au milieu, comme assoupie derrière les arbres et les massifs de fleurs, la maison. Une villa immense. Splendide. Les volets sont fermés, il n'y a aucun signe de vie.

Imène non plus n'est pas descendue sur la plage ce matin.

Nadia avance dans la rue déserte.

Une voiture s'arrête, presque à sa hauteur. Elle entend qu'on siffle, qu'on l'appelle. Forcément, une fille seule dans une rue déserte... Elle ne tourne pas la tête, elle a l'habitude d'être importunée dans la rue. Le conducteur se remet à rouler, au ralenti. Il la dépasse, lui sourit, lui fait des signes. Ouvre la portière pour mieux préciser son invite.

Surtout ne pas répondre, ne pas le regarder. Se forcer à garder la même allure. Et son cœur, son cœur qui cogne encore plus fort dans sa poitrine.

Elle n'entend pas l'autre voiture qui s'arrête derrière elle.

Elle ne voit pas le conducteur en descendre et s'approcher d'elle à grands pas.

— Tu le connais ? dit-il en arrivant près d'elle. C'est alors seulement qu'elle se retourne. Elle s'arrête brusquement, incapable de faire le moindre pas.

— Tu le connais ? répète Karim un peu plus fort.

Elle s'accroche à son bras comme si elle avait peur de tomber.

Avant qu'elle ne puisse répondre, le conducteur, l'autre, a refermé la portière et démarré dans un grand crissement de pneus.

Karim suit des yeux la voiture pendant un long moment, sans rien ajouter. Puis il pose à son tour sa main sur le bras de Nadia.

Lorsqu'enfin elle peut relever les yeux, le regarder, ils sont toujours accrochés l'un à l'autre, debout et seuls dans la clarté insolente.

—Je reviens d'Alger, dit-il ; j'y ai emmené toute la famille. Un mariage. Je n'ai pas voulu rester. La chaleur et puis…

Il parle doucement. Elle sent, posé sur elle, son regard tout proche, le contact de sa main, la chaleur, une brûlure douce, intolérable. Et cette faiblesse qui la fait trembler toute. Son corps, ses jambes…

Il ne s'étonne pas de la voir là, toute seule. Ne lui pose aucune question.

—Je vais rentrer à la maison, dit-elle simplement ; on m'attend.

Il lui lâche le bras. La laisse aller sous le soleil.

La chambre est fraîche. Sombre. Les rideaux tirés.

Nadia a besoin de fraîcheur aujourd'hui, d'obscurité et de solitude. Pour voir plus clair en elle.

Elle est seule. Débarrassée de la réalité soudain

envahissante des autres. Salim et Fériel sont descendus sur la plage. Sans elle.

Seule. Libre de fermer les yeux. De vivre ces instants où tout a été dit. Juste accorder son cœur et son corps aux dimensions que vient de prendre sa vie.

Il a posé la main sur son bras. Elle croit encore en sentir le contact. Au-dedans d'elle. Jamais quelqu'un ne l'a touchée avec une telle douceur. Jamais elle ne s'est sentie aussi précieuse, fragile.

Par ce seul geste, sa vie a pris un sens. Et les mots désormais ne servent plus à rien. Parce qu'ils sont inconsistants. Parce qu'ils n'ont pas le poids, l'épaisseur, la force d'un regard, la chaleur et la douceur d'une main.

Tout cela est indicible.

Elle a tout à coup envie de respirer, comme on boit pour apaiser sa soif, à pleines gorgées. Elle se lève du lit. D'un geste brusque, elle repousse les volets pour laisser entrer le soleil. Elle n'a que faire de la pénombre. Une brise légère, chargée de chaleur et de lumière ensemble, s'engouffre dans la chambre, fait danser les rideaux et redonne vie et couleurs aux objets autour d'elle, trop longtemps immobiles, figés.

La mer aussi, en face d'elle. Parcourue de frémissements blancs, à peine quelques froissures.

22

Enfermé dans la chambre qu'il ne veut plus partager avec son frère, Djamel écoute des cassettes.

Étranges paroles. Sans musique.

Paroles de haine et de violence. Martelées plutôt que dites par des prédicateurs aux accents passionnés et incendiaires.

En écoutant une cassette subtilisée un jour, Nadia a entendu des imprécations, des diatribes contre LA femme. Contre sa perversion originelle. En termes crus, choquants, si suggestifs parfois qu'elle en rougissait, alors même qu'elle était seule. Propos publics, ponctués par les acclamations enflammées d'un auditoire envoûté.

Nadia a peur. Nadia a froid. Nadia a mal.

Elle a mal parce que tous ces mots, tous ces discours pèsent aujourd'hui plus lourd que la tendresse partagée.

Dieu est grand, hurlent-ils.

Dieu est grand, Dieu est bonté, Dieu est miséricorde, disait son grand-père. Sur un tout autre ton.

Djamel, son frère, traverse leur vie en silence. Il ne dit rien.

Un étranger, pétri de la même chair. Voilà ce qu'il est pour eux aujourd'hui.

Longtemps ils ont dormi ensemble. Leurs bras, leurs jambes, leurs souffles mêlés dans le désordre et l'innocence des nuits de leur enfance.

Au matin, ils se racontaient leurs rêves dans de grands éclats de rire, pour en extirper la peur.

Le jour, ils inventaient des jeux dans la poussière et le soleil, dans l'ombre propice de leur chambre. Du plus loin qu'elle s'en souvienne, il est toujours là, petit bout d'homme accroché à sa robe pour ne pas la perdre. Pour ne pas se perdre.

Elle a beau chercher, elle ne trouve pas l'instant de la rupture.

23

Elle se dit... de toutes les histoires qu'on lit ou qu'on raconte, les plus belles sont les histoires d'amour sur fond de mort. Depuis toujours.

Il suffit simplement de se dire que l'amour... et de le croire très fort, de fermer les yeux en serrant les paupières.

Mais déjà, déjà dans le mot amour, il y a presque toutes les lettres de la mort.

24

Amour d'été comme dans les chansons. Une chanson, un refrain, un air qui l'habite, qu'elle fredonne pour elle seule, chaque instant de chaque jour.

Elle est un fil tendu qui vibre au soleil, danse sur l'eau, se déroule et s'envole au gré d'un regard, d'un sourire à peine esquissé.

Il la regarde. Elle ne se dérobe pas. Heureuse de s'offrir à cette lente caresse. Les bruits, les couleurs autour d'elle s'estompent. Elle ne retient que cette vive lumière dans les yeux tournés vers elle. Elle s'épanouit comme une fleur longtemps privée de l'essentiel.

Elle le regarde. Une coulée, un mouvement lent, imperceptible, derrière les barreaux de ses cils. Le soleil papillote sur son visage attentif, sur ses bras, sur ses mains. Elle le prend ainsi, par morceaux, par bribes. La veine qui palpite à l'ombre de son cou.

Un grain de beauté, une mouche, juste au-dessous de l'œil, au coin. L'accent de ses sourcils. La courbure de ses lèvres fermées sur les mots qu'il ne dit pas encore.

Elle a franchi le pont. Elle est sur l'autre rive.
Ils ont quelques jours. Plus que quelques jours pour se connaître, s'apprendre et fixer au fond de leurs yeux des images dont ils nourriront leurs rêves.
Ils se retrouvent dans l'eau. Parfois. Quand au déclin du jour, le soleil, complice, fait miroiter ses derniers rayons sur la surface de la mer, comme pour mieux les soustraire aux regards des autres.

25

Toute la nuit, dans un vacarme puissant et régulier, les vagues déferlent sur le rivage. La maison est un bateau et Nadia dérive au gré d'une houle tumultueuse qui donne à ses rêves une turbulence inhabituelle.

Au matin, des débris jonchent la plage méconnaissable. Morceaux de bois, déchets de plastique coloré, algues brunâtres et coquillages. Les vagues continuent sans répit leur sarabande infatigable.

Accourus de toutes parts, des enfants armés de longs bâtons de bois fouillent le sable, à la recherche d'hypothétiques trésors.

Hissé sur la cabine du maître nageur, le drapeau rouge se détache sur un ciel indécis flanqué de nuages poussés par le vent. Des coups de sifflet véhéments rappellent à l'ordre les rares baigneurs qui, par témérité ou par jeu, défient les flots déchaînés.

Baignade interdite. Plage interdite, ajoute sa mère.

Nadia promène sa rage impuissante et fébrile

à travers l'espace restreint, insupportable, de sa chambre, du patio, de toute la maison.

Elle ne verra pas Karim aujourd'hui.

Elle ne voit pas le vent, les vagues, la lumière vibrionnant au bout de leurs crêtes déchaînées. Elle a oublié le long vertige du sable qui se retire sous les pieds. Rien de tout cela n'a d'importance.

Elle ne verra pas Karim aujourd'hui.

Elle guette, debout contre la vitre, les premiers signes d'une accalmie. Elle espère un essoufflement, peut-être, qui lui rendra la liberté. Et les heures s'étirent, goutte à goutte, dans une interminable procession de minutes qu'on dirait figées.

Il faut ranger les affaires. Tout préparer, tout emballer pour le départ, a dit sa mère.

Demain, ils ne seront plus là.

Demain, elle retrouvera les murs blêmes de sa chambre, les fenêtres hérissées de barreaux, les bruits et les visages de la cité.

Fériel s'impatiente, elle aussi. Elle attend le moment d'aller chez Imène. Encore une fois, une dernière fois.

Elle peut sortir, elle ! Nadia lui en veut presque. Elle lui envie cette désinvolture, cette jeunesse qui fait sa force.

C'est l'insouciance qui habille son corps d'une légèreté, d'une grâce tranquille que Nadia ne connaît pas, qu'elle n'a jamais eue. Elle donne à sa tête, à son air, une insolence vive et désarmante.

Nadia la regarde s'en aller sans rien demander, sans se retourner.

Fériel revient très vite ; elle bouscule sa sœur, sa mère, sans leur laisser le temps de réagir, de comprendre.

—Nadia, viens avec moi ! C'est Leïla qui veut te voir, la grande sœur d'Imène. Allez, vite ! Habille-toi, on t'attend dehors !

Leïla ? Mais... pourquoi ? Nadia la connaît à peine...

La mère n'a pas dit un mot. Elle les regarde partir.

Dans l'allée du jardin, des feuilles arrachées par la tempête crissent sous leurs pas. On les attend devant la porte. Et dans l'ombre du vestibule, une ombre. Une main tendue. Des doigts qui se referment autour de sa main tremblante. Karim est là.

Ils entrent dans un immense salon meublé d'une foule de canapés couverts de velours bleu. Une profusion de coussins, de petits meubles sculptés. Et, comme une fausse note, les gémissements du vent qui s'acharne derrière les grandes portes-fenêtres.

En face d'elle, Karim et Leïla, la grande sœur de Imène. Elles se connaissent à peine. Quelques sourires sur la plage.

On lui parle, on la sert. Trop. C'est trop de politesse, trop de mots apprêtés pour ne rien dire. Trop de petits gâteaux, trop de petits napperons blancs. Nadia n'a qu'une hâte, s'en aller, sortir d'ici, oublier cette froide lumière, ce décor tout de velours et de convenances ponctuées de silences embarrassés.

Fériel et Imène ont disparu. On ne les entend pas.

Nadia se lève. Il est temps de rentrer.

Presqu'en même temps, Karim s'est levé. « Je te raccompagne ; je ramènerai Fériel plus tard. »

Nadia hésite, gênée. Il sait pourtant qu'elle ne doit pas… qu'on ne doit pas les voir ensemble. Mais sans attendre sa réponse, il la précède dans l'allée pendant qu'elle prend congé de Leïla.

Elle hésite encore avant de prendre place à côté de lui dans la voiture. Il a organisé tout cela seulement pour la voir. Elle va lui dire de la déposer là, tout de suite. Si Djamel venait à passer !

Mais elle se tait, elle n'ose même pas le regarder.

Karim conduit en silence. Ils sont sur une route, elle ne sait même pas où ils vont.

Il ralentit enfin. Puis s'arrête doucement au bord d'un chemin. Il se retourne vers elle. Elle voit dans ses yeux une petite fille, toute petite, qui tremble et qui a peur.

C'est le début, juste le début de leur histoire.

Il lui prend la main et quelque chose de vivant, une douce chaleur venue du centre d'elle se propage en ondes à travers son corps étonné. L'obscurité est plus douce encore sous ses yeux fermés.

Et la mer n'est plus qu'une immense douceur.

II

1

Septembre sur Alger. Un soleil inutile traîne ses rayons encore vifs sur les façades indifférentes des immeubles de la cité. Sur les broussailles desséchées des terrains vagues tout autour et dans les rues poussiéreuses. Sur les visages préoccupés des passants. Une atmosphère étrange pèse sur la ville, comme une attente de quelque chose qui ne vient pas. La pluie ? Les nuages sont ailleurs que dans le ciel. Attente fébrile, accentuée par la chaleur des jours et des nuits interminables.

Nuits interminables avec dans les yeux des images insoutenables. Images de corps déchiquetés, de lambeaux de chair accrochés à des poutres de fer et de béton. Des images repassées chaque jour aux informations télévisées, à l'heure des repas. Ce qui reste de l'aéroport international d'Alger après l'attentat à la bombe. Quelques kilos d'explosifs dans un sac de voyage. Destination : l'horreur. Une déflagration dans un ciel d'été, un jour de lumière et de soleil.

Et les hommes et les femmes dans la ville, hébétés, incrédules, se découvrent acteurs d'une tragédie qu'ils ne peuvent plus ignorer.

Fermer les yeux. Se boucher les oreilles. Ne plus voir, ne plus entendre. Refuser de tout son être ce qui fait mourir l'espoir. De toutes ses forces Nadia se raccroche à d'autres images, d'autres instants. Mais les vagues ne viennent plus bercer ses nuits et couvrir de leur doux tumulte la violence et la déraison des hommes. Il lui faut attendre, elle aussi, tenter de défaire l'angoisse dans la monotonie presque rassurante des gestes répétés, derrière l'illusoire protection des murs de sa chambre. Attendre comme une délivrance que vienne enfin le jour où elle pourra vivre ses rêves.

2

Deux bus à prendre. Une heure d'attente à l'arrêt, déjà assez éloigné de la maison. Puis elle se faufile, pressée de toutes parts, portée presque par la foule. Le trajet, dans la promiscuité et les odeurs. La ville est hérissée de barrages. Des militaires, l'arme au poing, le visage tendu. Une ville en état d'urgence, en état de choc. Alger l'indolente ne se prélasse plus au soleil.

Ben Aknoun. L'Institut de droit. C'est là qu'elle descend.

Comme il est jeune son pays ! Il a l'âge de ces étudiants désœuvrés et nonchalants qui déambulent sur cette allée au soleil. Il a l'âge aussi de ces enfants innombrables qui sans cesse surgissent au détour des rues et des cités. Il charrie dans ses veines l'impétuosité, mais aussi la détresse, d'une jeunesse à présent incontrôlable, imprévisible. Et les enfants d'Octobre[1] n'ont pas oublié…

---

1. Octobre 1988: manifestations de jeunes dans les rues d'Alger, réprimées dans le sang; prélude aux événements actuels.

L'Institut de droit. « Sciences juridiques » annonce le panneau au fronton d'un bâtiment gris et maussade. Pendant des années, Nadia a rêvé de ce jour, de ses premiers pas dans l'université. Aujourd'hui, en ce lieu, rien ne ressemble à ses rêves. Mais c'est là qu'elle a été inscrite, c'est là qu'elle devra venir tous les jours.

Elle voyait autrement l'université. En majuscules. Lieux de la recherche et du savoir. Et dans les yeux des employés de bureau hargneux et rudes, dans les couloirs sombres et encombrés où elle erre, sans trop savoir où aller, elle ne rencontre qu'indifférence, lassitude.

Elle fera du droit. Pas parce qu'elle l'a décidé. Parce que l'Ordinateur Suprême programmé pour orienter les candidats a décidé de ce qui était le plus indiqué pour elle. Après le bac, elle a rempli une fiche. Une fiche de vœux. Puis elle a attendu le verdict de la machine chargée de planifier l'avenir de toute une génération. Sans curiosité, sans impatience. Elle-même ne sait plus vraiment ce qu'elle veut. Étudier d'abord. N'importe quoi. L'essentiel étant d'accéder à l'université. Envers et contre tous. Elle s'est tellement battue pour en arriver là, qu'elle n'a plus envie de rien en cet instant. Avec toutes ces menaces qui pèsent sur sa vie, sur des lendemains incertains, sur un quotidien aux odeurs de violence et de mort. L'étau qui se resserre, sur elle, sur toutes ses pareilles. Rebelles, encore. Arrogantes et nues, martèlent tout au long de leurs prêches ces hommes venus d'un autre temps et qui ont juré de les soumettre.

3

Nadia et Farida se retrouvent enfin. Elles sont assises sur le rebord étroit d'un muret, tout contre les grilles qui cernent l'institut. Deux filles au soleil, deux filles heureuses d'être ensemble.

Farida est petite. Presque menue. Son corps frêle, ses cheveux pâles exactement assortis à la couleur de ses yeux donnent une impression de fragilité, de douceur, très vite démenties par cette façon qu'elle a de planter son regard franchement, sans détours, sur tous ceux qui l'approchent. Effrontée, disaient certains professeurs au lycée, parce qu'elle avait l'insolence de poser des questions, d'exiger des réponses. Vive, tout simplement, avec des écorchures parfois dans la voix, dans le regard, traces de ses incessants combats. Contre son père, contre sa mère, contre une famille qui n'a de cesse de la soumettre.

Farida est son amie. L'unique. Unique en son genre. «Comme mon nom l'indique», dit-elle en riant. Elle rit, Farida, de tout, de rien. Et de son rire, elle a fait une arme. Elle rit, comme d'autres pleurent; elle rit quand les autres pleurent.

Farida raconte. Elle raconte les paysages de Kabylie. Les montagnes où le pays sait encore être si beau. Les villages disséminés à flanc de colline, où des hommes durs et silencieux perpétuent depuis des siècles les gestes de leurs aïeux, avec la même tendresse pour leur terre, la même patiente sollicitude. Là-bas, les femmes vont toujours chercher de l'eau à la fontaine, en processions joyeuses et multicolores. L'eau y est aussi fraîche, aussi pure qu'aux premiers temps.

Elle en revient, gorgée d'air pur, les yeux traversés des lents éclats de lune qui le soir baignent les terrasses.

Nadia écoute. Et dans son esprit se lèvent des matins verts, presque aussi doux que ceux de son enfance. Elle écoute. Elle n'ose pas encore dire le nom qui bat dans son cœur, le nom qu'elle murmure pour elle seule, comme on dit une prière.

Et puis, comme pour se délivrer, doucement, presqu'à voix basse, elle raconte à son tour. D'abord les journées inondées de lumière, la plage dévorée de soleil et la petite maison offerte aux vents. Et puis ce souffle nouveau venu s'engouffrer dans sa vie, ce souffle irrésistible qui porte un nom que pour la première fois elle s'entend prononcer.

— Dis, tu le reverras ? demande Farida.

4

Elle voit la guerre et ce n'est pas la guerre, lui dit-on.

Elle est là pourtant la guerre, presque au coin de chaque rue.

Elle est là la guerre et aussi la peur sous les cagoules sombres qui masquent les visages des militaires debout dans le soleil, l'arme braquée sur les passants, en attente.

Elle est dans les sirènes hurlantes qui traversent les bruits de la foule impavide.

Elle est dans le cœur, dans le ventre de ces hommes et de ces femmes désarmés qui savent que froidement, patiemment des hommes les guettent, qui décideront de l'heure la plus propice, du lieu le plus propice pour les abattre. Sans un mot. Sans se poser de questions. Avec seulement le désir de frapper là où cela fait le plus mal.

Elle est dans les yeux hagards de ces enfants tirés de leur sommeil, qui ont vu – oui vu – une nuit, leur père, leur mère ou leur frère égorgés, éventrés – et qui ne savent même plus pleurer.

Elle est dans les hurlements des mères égarées, dans leurs mains, dans leurs ongles qui griffent la terre des tombes hâtivement creusées chaque jour dans des cimetières encombrés.

Elle est dans la fumée noire des écoles incendiées, dans les cendres des arbres brûlés au feu d'une vengeance aveugle, irréductible.

Elle est dans les yeux multiples de la foule endeuillée qui suit, spectacle quotidien, les longs cortèges funèbres, dans la colère impuissante de ces mains serrées, dans le silence terrible qui s'abat sur tous les soirs de la ville.

Ce n'est pas la guerre, lui dit-on.

5

Il lui faudra du temps, beaucoup de temps, avant de vaincre sa peur, ses hésitations. Avant d'accepter de vivre dans le mensonge. Elle apprendra très vite cependant à inventer des histoires. Des heures de cours imprévues. Des retards de bus. Des recherches à faire à la bibliothèque. Elle apprendra à rentrer à la maison le soir, le front serein et les yeux purs. Sans trop donner d'explications, sans essayer de répondre aux questions qu'on ne lui pose même plus.

Eux aussi s'habitueront à ne la voir arriver que le soir, parfois à la nuit tombée, toujours très occupée, surchargée de travail. Ils s'habituent si vite, si facilement qu'elle s'en étonne.

Ce n'est pas de cette liberté-là qu'elle voulait, mais puisque c'est le prix à payer pour avoir le droit de vivre ses rêves…

Elle a appelé Karim une nuit qu'elle n'en pouvait plus du désir de l'entendre, de le revoir. Sa voix, tout de suite au bout du fil, comme s'il attendait. Sa voix enrouée d'émotion et de surprise incrédule. Une voix qui efface toutes les peurs et les lendemains impossibles.

La nuit est trop longue, les heures interminables, perles grises égrenées au fil des rêves, les yeux ouverts. Et le matin qui s'épuise dans tant de gestes inutiles.

Là, sur le trottoir, cette obscurité ou cette trop vive clarté dans ses yeux. En plein midi. Un homme, un jeune homme la regarde avancer vers lui. Et c'est comme si d'elle à lui courait un fil tendu, invisible, qui prend sa source dans leurs yeux, aveugles à tout ce qui n'est pas eux.

Debout sur un trottoir. Leurs mains se tendent, deux à deux. La clarté vacille soudain puis se ramasse, se concentre, prend la forme de leur désir qui s'élance au milieu de la foule indifférente.

Leurs pas, immédiatement accordés. « Veux-tu que l'on marche ? »

Elle le veut. Mais elle sent maintenant les regards des autres. Et sur son corps rayonnant, sur eux les regards s'attardent, curieux, s'insinuent, se déposent, pareils à des laissées.

Un jour, un jour, il faudra dire tous ces regards…

Viens ma douce, viens ma belle, allons retrouver la mer qui danse.

La ville tremble dans la chaleur de l'automne.

Derrière la vitre, le vent emporte les immeubles écrasés, les arbres poussiéreux. Des cités. Partout. Toujours. Immeubles en quinconce regardant la mer à travers leurs barreaux dressés. Et le vent fou et le vent frais joue sur ses lèvres, rit dans ses cheveux.

Ils vont s'arrêter. Non pas ici. Plus loin encore. À Sidi Ferruch. Pourquoi pas ? Tu connais ? Non, elle ne connaît pas, mais elle imagine. Se récite avec application une leçon d'histoire tant de fois répétée. Juillet 1830 : les Français débarquent en Algérie, sur une plage à quelques kilomètres d'Alger, à la conquête d'une terre, d'un peuple qu'ils soumettront par les armes... La suite ? Elle n'en a retenu que l'essentiel : le refus de se soumettre, le lourd tribut à payer pour avoir le droit d'être.

Le port de Sidi Ferruch. Sidi Fredj maintenant, du nom du saint marabout qui repose en ces lieux. Le port, revu et corrigé par un architecte. Français lui aussi.

Leurs pas résonnent sous les voûtes dallées et silencieuses. L'hôtel au-dessus, chambres, studios, appartements. Une estacade massive face à la mer.

Elle n'ose pas lui dire qu'ici, la mer ne danse pas. Des eaux noirâtres bercent des bateaux aux noms de femmes. Elle ne voit pas le ciel qui se penche au-dessus de la jetée.

Karim ne comprend pas cette ombre qui soudain passe sur son visage. Un nuage inattendu. Nadia, elle, se reconnaît. Toujours pareille. Toujours au bord de la vie. Une fillette aux yeux sombres, aux yeux plissés dans l'effort de tout saisir.

Elle a tant attendu ces instants.

Elle a tant attendu, qu'au plus fort du bonheur ce n'est jamais vraiment le bonheur.

6

C'est presque un jeu maintenant. Alerte à la bombe ! Les étudiants incrédules quittent les salles de cours. Pas trop vite, malgré les appels pressants des professeurs. Les classes se vident lentement. Les couloirs sont encombrés de voix et de rires. Certains – mais ils sont rares – paraissent inquiets et leurs pas pressés se heurtent à la nonchalance délibérée de ceux qui les précèdent.

Encore une mauvaise plaisanterie ! C'est la deuxième fois en moins d'un mois. Deux fausses alertes. Pendant une heure ou deux, on suspendra les cours, on fouillera toutes les salles, on videra tous les sacs. Occasion – certainement provoquée par des étudiants – d'échapper au ronronnement satisfait des professeurs installés derrière leur bureau, derrière leur suffisance. L'arrivée des militaires en tenue troublera à peine la récréation.

Et si un jour c'était vrai ? C'est qu'ils ne reculent devant rien, les semeurs de mort ! Nadia ose à peine imaginer l'horreur. Images déjà vues de femmes, d'enfants, d'hommes ensanglantés, déchiquetés par le souffle puissant de la terreur.

La menace est là, bien réelle. Toute proche, et même parmi eux. Nadia a vu des étudiants coller des tracts sur les murs de l'université. Des appels au meurtre, à la guerre sainte, à l'extermination de tous les mécréants dont les noms sont sur des listes affichées aux portes des mosquées de la ville. Purifier par le feu et par le sang! Les listes s'allongent au fil des exécutions. Chaque nom qu'on efface est aussitôt remplacé par d'autres…

Et le pays exsangue se vide lentement, mais sûrement, de toutes ses forces vives. Dans le silence atterré de ceux qui restent, de ceux qui attendent…

Noyée dans le flot bruyant des étudiants qui se dirigent vers la sortie, Nadia, soudain pleine d'angoisse, serre le bras de son amie.

7

Karim est déjà là. Il attend dans la voiture. Elle ressent toujours la même émotion. Oh... ce cœur qui tremble ! Une impression à la fois douce et douloureuse lui coupe le souffle. Il ne l'a pas encore vue. Inconsciente des regards posés sur elle, elle ralentit le pas. Comme si elle voulait retarder le moment où il la verrait. Pour être plus longtemps attendue, davantage désirée. Dans sa tête éclatent des centaines de bulles irisées.

Elle ouvre la portière et se glisse sur le siège, à côté de lui, sans rien dire. Ils jouent souvent à ce jeu. Le jeu du silence. Il démarre sans se tourner vers elle, se faufile à travers les encombrements et prend la longue avenue de la mer. Toujours la même direction. Nadia baisse la vitre pour mieux sentir l'odeur.

Les mots, les rires, les gestes viendront plus tard. Ils s'imprègnent d'abord du bonheur inouï d'être ensemble.

Ils dépassent les faubourgs de la ville, laissent derrière eux la poussière et la grisaille qui noient lentement Alger, tapie sur son rocher. Il leur faut mettre toute cette distance entre eux et les autres pour enfin se retrouver, libérés du poids et de la peur du regard des autres.

La mer, partout présente, envahit leurs yeux avides, comme lavés par des émerveillements sans cesse renouvelés. La mer, c'est leur histoire.

Au commencement était la mer...
Les criques violentes et sauvages découvertes une à une. Des refuges où les mènent leurs échappées. Des refuges déserts le plus souvent. Ils s'y promènent sans crainte. Ils ont oublié, ils oublient – dangereux et merveilleux prodige de l'amour – la peur qui fait se terrer les hommes derrière des murs de plus en plus hauts, de plus en plus fortifiés.

Loin de tout, ils vont à la découverte l'un de l'autre. Patiemment. Ils avancent en hésitant sur des chemins à la fois troubles et lumineux, bordés de mots qui entravent leur route. Des mots en majuscules, aussi lourds, aussi compacts que les pierres dont on édifie des remparts.

Karim s'engage brusquement sur un sentier caillouteux, à peine visible de la route. Ils longent une vieille bâtisse imposante et délabrée, vestige d'un de ces domaines autogérés à l'abandon depuis la débâcle du socialisme à l'algérienne.

Une clairière embuée de lumière et de chaleur. Un peu en contrebas, des pins détachent leur silhouette frémissante sur le bleu extrême de la mer. Nadia regarde autour d'elle. Ils ne sont jamais venus ici. Karim s'arrête. Coupe le contact. Ils sont arrivés. Elle descend de la voiture. Fait quelques pas. Se laisse envahir par les vibrations que provoque en elle l'intensité de son bonheur. Une faiblesse presque intolérable lui fauche les jambes. En bas, la rumeur des vagues battant les rochers est l'exacte réplique du tumulte qui l'habite.

Ils sont sur une île. Ils sont deux naufragés portés par les flots, accordés pour l'oubli des rivages trop sombres du quotidien.

Entre eux, de nouveau le silence. Exaspéré par le crissement des aiguilles de pin et de la terre poudreuse sous leurs pas.

Une émotion inconnue lui brouille la vue, la fait trébucher, tomber presque. Il la rattrape par le bras. Cherche son visage derrière le rideau de ses cheveux. Vertige. Violence du désir au bout de leurs yeux, au bout de leurs doigts.

Et sur leur peau soudain brûlante, l'odeur de leurs rêves, de leurs désirs mêlés, balaie en un instant si bref, si long, elle ne saura jamais, tous ces interdits qui jusqu'alors les ont préservés d'eux-mêmes. Ici et maintenant, les mots n'ont plus de sens.

Le soleil d'abord. Il joue en dentelle sur leurs visages renversés. Quelque part, les fragments épars de son corps éclaté se remettent lentement en place.

Il caresse tendrement son visage, comme pour effacer la trace de larmes qu'elle n'a pas senti couler.

Plus tard dans la voiture, le silence encore. Tout autre. Presque palpable. Tissé d'une étrange rancune. D'elle à lui ? D'où lui vient cette soudaine détresse ?

Dans sa chambre, Nadia retrouve sur ses lèvres, sur son corps rompu, l'odeur de la mer, le poids de la terre qui l'a faite femme. C'était donc ça ? Juste un vertige.

Tout a été si rapide, si violent que seule subsiste en elle une brève meurtrissure qui de temps à autre traverse son corps dans un élancement douloureux.

Elle s'enferme. Elle ne veut pas voir sa mère, croiser son regard. Une mère, ça doit sentir ces choses-là, forcément.

Mais sa mère à elle est depuis longtemps enfermée dans un monde d'où les rêves et les emportements sont exclus.

Sa mère passe trop souvent à côté des déchirements, des tourmentes de ceux qui lui sont les plus chers. Ce soir, comme d'habitude, elle fera un dernier tour dans la maison. Elle viendra vérifier que la lumière est bien éteinte, Nadia bien endormie, et elle refermera la porte doucement pour ne pas la réveiller.

8

Elle a fauté. Elle a commis l'irréparable. Transgressé le Commandement Absolu : tu ne disposeras pas de ton corps. Comme ils sont laids ces mots ! Comme ils sont lourds ! Pesants comme le poids de la faute.

Mais d'où vient qu'elle se sente aussi légère ? Délivrée au contraire. Délivrée d'un poids encore plus lourd. La somme écrasante de tous ces mots imprononçables.

Elle sait pourtant. Sa mère n'avait même pas eu à lui en parler. D'ailleurs elle n'aurait pas su trouver les mots. Car chez eux, même les mots sont tabous. Elle sait bien qu'elle n'a pas le droit de disposer de son corps. C'est une évidence, quelque chose que l'on sait, comme ça, sans que personne ne vous l'ait jamais appris, depuis toute petite, en même temps que l'on apprend à parler, à manger, à marcher. Tout tourne autour de Ça : les conversations de femmes, les confidences surprises, les allusions des amies, des cousines, entourées d'imprécision et de mystère.

L'Honneur de toute une famille tient à une membrane. Un petit bout de peau ou de chair, tellement fragile, tellement précieuse !

Elle ne sera jamais cette mariée harnachée de mille dorures dont rêve sa mère, les yeux humides.
Elle ne sera jamais cette mariée au front virginal, molle idole d'un jour, docile et silencieuse, que l'on mène au mâle le soir des noces, sous les youyous fébriles de femmes excitées. Exhibant au bout d'une rapide étreinte un chiffon sanglant, indéniable preuve d'une virginité exigée comme une garantie.
Quel homme voudrait d'une femme déflorée par un autre que lui ?
Jamais, oh non jamais, elle n'appartiendra à un autre.
Elle s'en fait aujourd'hui le serment.

9

Rien n'y fait ! Ni les larmes de sa mère, ni les colères de son oncle. Djamel n'ira plus au lycée. Il n'a que faire, dit-il, de ces études qu'il suivait jusqu'ici à grand-peine.

Cela a commencé discrètement, par des absences de plus en plus longues, de plus en plus fréquentes. Personne ne s'en était rendu compte. Il interceptait toutes les convocations, les déchirait. Il sortait tôt le matin avec son cartable, et rentrait toujours aux mêmes heures.

Maintenant, il disparaît tous les soirs. Sans prévenir, sans rien demander à personne. Il ne prend plus ses repas avec eux. Il sort le matin, tôt, très tôt, à l'heure de la première prière. Il fait encore nuit, il fait encore froid, se désole sa mère. Mais elle ne lui dit rien, ne lui fait aucun reproche. Il referme la porte derrière lui, emporte les clefs. Et quand il revient, ils ne sont pas encore réveillés. Il s'assoit dans sa chambre, sur son tapis de prière. Il a enlevé tous les meubles. Il dort sur un matelas posé par terre. Tout le jour il récite, il psalmodie. Sa voix derrière la porte. Le Coran est le seul livre qu'il a gardé.

Salim dort sur le canapé du salon. Secrètement soulagé, même s'il n'a pas fait de commentaires, de n'avoir plus à subir l'ascétisme d'un frère qu'il ne reconnaît plus, qui ne les reconnaît plus.

Elle sait, Nadia, elle a compris. Ce que ne dit pas Djamel. Ce qu'elle voit autour d'elle tous les jours. Ces camarades de lycée qui soudain se détournent des filles, s'assoient au fond de la classe. Qui se taisent. Ou qui ne prennent la parole que pour contredire les professeurs, parfois pour défendre des idées glanées dans des prêches auxquels ils se font un devoir d'assister. Qui refusent d'assister aux cours de mathématiques ou de français parce que le professeur, une femme, ne porte pas le voile. Qui se soulignent les yeux d'un trait de khôl et se parfument de musc.

L'odeur est là, dans la maison. Elle imprègne la chambre de son frère, les vêtements de son frère, la gandoura blanche qu'il ne quitte plus maintenant.

10

Des lois sont édictées chaque jour au nom d'un ordre nouveau, rédempteur, par des prosélytes d'un autre âge, chaque jour plus nombreux, chaque jour plus féroces.

Chaque jour, une fatwa, signée d'un obscur émir proclamé par ses pairs « décideur des croyants ».

Délits maintenant punis de mort. Sans jugement. Sans appel.

Délit que de sortir sans voile et de s'offrir ainsi à la convoitise d'hommes faibles et vulnérables que le reflet d'une chevelure brillant au soleil, la blancheur d'une peau furtivement entrevue, le galbe d'une jambe nue, pourraient précipiter dans les flammes du désir, dans les affres de l'enfer.

Délit que de parler librement, de marcher, de s'asseoir aux côtés d'un homme qui vous est étranger, même si celui-ci n'est qu'un enfant, même si ce ne sont que les bancs d'une école primaire. Ils sont si précoces, les enfants du soleil !

Délit d'aimer et surtout, de le dire, de le faire, de le chanter ou de l'écrire !

Délit de penser, de rêver, d'espérer un autre monde où les bonheurs les plus simples seraient possibles, où les hommes et les femmes, ensemble, rendraient grâce à Dieu de l'immense, de l'incroyable beauté d'une terre chaque jour un peu plus ravagée par la folie des hommes.

Délit enfin d'être femme et d'éclabousser par sa seule présence, sa seule existence, la pureté terrifiante du monde qu'ils veulent bâtir sur des ruines fumantes.

11

Karim habite un petit studio au dernier étage d'un immeuble, pas très loin du centre-ville, dans une petite rue discrète. Un vieil immeuble encore imposant malgré sa décrépitude. Un studio loué par ses parents. Le temps de ses études. Puis il reviendra chez eux, il retournera dans sa ville natale, loin d'Alger.

Il sera avocat, a dit le père. Le cabinet est prêt, la clientèle pressentie, la voie tracée, sans heurts, sans surprises.

C'est de ce seul futur qu'il parle.

Un après-midi puis d'autres, ils se retrouveront dans cette chambre sombre et minuscule, à peine une fenêtre, jamais ouverte parce qu'elle donne sur une cour intérieure, parce qu'on pourrait les voir.

Ils n'allumeront même pas la lumière et c'est dans la pénombre qu'ils vivront ces instants de leur amour, de leur histoire.

C'est dans la pénombre que leurs corps impatients se découvriront, s'apprivoiseront.

Elle n'apprendra cependant jamais le plaisir. Le vrai.

Toujours au bout des gestes lents du désir, au bout des gestes fous de l'amour, un écueil sur lequel viennent se briser toutes ses sensations. Une retenue au-delà de laquelle elle ne peut plus aller.

Alors, elle hésite au seuil de la jouissance et c'est son corps seul qui se donne.

Étrangement dédoublée, elle écoute les mots balbutiés dans la défaite du plaisir. Elle ferme les yeux. Elle sent déferler sur elle les vagues d'une tempête qui l'effleure mais ne la submerge pas. Jamais.

Spectatrice attentive, elle découvre la force et la faiblesse de l'homme qui la prend. La douceur et la violence de l'homme qui dérive seul et se noie dans son corps offert, puis se retire, s'en va, sans attendre qu'elle le rejoigne.

Plus tard, dans le secret de sa chambre, elle trouvera – mais pour elle, pour elle seule, les mots pour dire l'amour qu'elle ne sait pas faire. Elle les dira puisque personne ne peut les entendre.

12

Il se tait enfin.

Debout près de la fenêtre ouverte de cette chambre où elle ne viendra jamais plus, Nadia garde les yeux obstinément fixés sur la cour intérieure de l'immeuble. Une cour jonchée de détritus de toute sorte, jetés par des ménagères soucieuses avant tout de leur intérieur. Tout est sale. Partout. Comme les mots qu'il vient de lui jeter au visage.

Ce goût âcre et chaud dans sa bouche, c'est le goût du désespoir. C'est le goût du sang. Du sang coule de ses lèvres. Se mordre les lèvres jusqu'au sang, dit-on. Encore une expression toute faite. Comme celle qu'il vient de dire. Une phrase toute prête qui n'attendait que le moment propice. Depuis longtemps sans doute. Il a usé de toutes les ressources que pouvait lui offrir la langue. Pour mieux coller à son personnage, à cet homme nouveau qui se découvre devant elle, il développe des arguments qu'il croit imparables, allant même jusqu'à parler en arabe classique.

Il a parlé de code. Un code familial qu'il n'avait pas le droit – pas le courage ! – de transgresser. Des règles édictées par des hommes et des femmes qu'elle n'aura pas l'honneur de rencontrer, elle vient de le comprendre.

Ainsi donc, sa mère, cette dame respectable, dont il a si souvent parlé à Nadia qu'il lui semble la connaître, l'a rejetée avant même de l'avoir vue. Incompatibilité de milieu, dit-il en détournant les yeux. Pourquoi pas incompatibilité de sang ? Mais oui, cela existe encore !

Chez lui, dans cette ville d'art et d'histoire, dans cette ville aux traditions et aux vestiges millénaires – bien délabrés cependant – le mariage est une affaire de famille.

Il avait cru… Toi-même, tu ne pourrais pas… Quoi ? Accepter, s'adapter, se soumettre ? Mais cela, il le savait, dès le début !

Nadia imagine cette femme. Une femme âgée, tout de blanc vêtue et qui plusieurs fois a accompli le pèlerinage à La Mecque. Profondément pieuse. Profondément bonne, avait-il dit. Souveraine, respectée de tous, surtout de son fils, si sage, si obéissant.

Nadia est immobile. Incapable de faire le moindre mouvement. Pas même d'ouvrir la bouche. Un mouchoir. Il lui faut un mouchoir pour essuyer le sang qui coule maintenant sur son menton. Elle cherche des yeux son sac. Là, près d'elle, sur le bureau. Elle l'ouvre. En tire un mouchoir roulé en boule qu'elle porte à ses lèvres. Non, elle ne pleure pas. En cet instant, tout en elle est sec, aride. Les sources se sont taries.

Elle l'écoute sans répondre pendant que s'impriment en elle les moindres détails de ces instants, les moindres inflexions de cette voix qui déjà ne ressemble plus à l'autre, celle qui murmurait son nom au plus fort de l'amour.

Des mots plus durs, plus acérés que des flèches viennent se ficher dans sa chair.

Elle ne le regarde pas. Elle attend qu'il se taise. Puis, elle s'oblige à réagir.

—Tu as fini maintenant? Tu peux me raccompagner? dit-elle en ramassant sa veste jetée sur le lit où il est assis.

Il se lève et presque timidement s'approche d'elle. D'une main hésitante, il lui relève les cheveux. Passe un doigt léger sur sa joue. Elle se sent soudain chavirer de honte et de dégoût. Elle se dégage doucement et reprend:

—On y va? Il faut que je rentre.

—Nadia, dis quelque chose, parle...

Sa voix a des accents nouveaux, suppliants. Déçu peut-être de n'avoir pas pu jouer jusqu'au bout son rôle de victime. Victime du devoir filial!

Mais Nadia déteste les grands mots... Les scènes aussi. Celle qu'il joue en ce moment, la scène des adieux pathétiques. Elle aurait pleuré, supplié, essayé de comprendre et il l'aurait consolée, bercée, leurrée... Elle resterait son amour, toujours...

Ce qu'elle veut en cet instant ? Elle sent un cri immense monter en elle, déferler dans tout son être. Crier sa révolte, sa souffrance. Ainsi, rien ne sera jamais beau, jamais vrai... Se rouler par terre, là, devant lui, se lacérer le visage de ses ongles, se couvrir la tête de cendres, le cœur aussi. C'est ainsi que les femmes pleurent ici.

D'une voix sourde, elle répète :

— On y va, je descends avant toi, je t'attends à côté de la voiture.

Et son cœur ne tremble plus. Elle le voit comme il est. Pitoyable. Ridicule. Empêtré dans ses contradictions. Malheureux sans doute. Elle a fait irruption dans sa vie de garçon bien rangée, l'a bousculée. Et il a remis les choses en place. Doucement, délicatement, croit-il, sans lui faire de mal.

Elle ouvre la porte. Lentement, comme si elle avait peur de tomber, elle descend les marches. Dehors, le ciel chargé de gros nuages noirs se fait menaçant.

Des orages vont éclater, des trombes d'eau vont certainement se déverser sur la ville dans peu de temps. Elle relève le col de sa veste, le corps parcouru de grands frissons, et se recroqueville sur le siège de la voiture. Il se retourne vers elle avant de démarrer.

— Écoute, je ne veux pas...

—Ce n'est pas la peine de continuer, coupe-t-elle, je t'en prie. Tu as raison, c'est mieux ainsi.

Sa voix se brise. Pourquoi revenir sur ce qui a été dit ? À quoi bon ?

Il conduit doucement, presque précautionneusement, comme s'il transportait un malade.

—Dis, tu peux prendre l'autre route, par la mer ? J'ai envie de respirer un peu.

Elle n'a pas dit « notre route », mais elle l'a pensé. Il est des possessifs dont il faut savoir se défaire, très vite.

Une soudaine averse vient s'abattre sur les vitres avec un crépitement assourdissant, les isolant dans leur abri. Il actionne les essuie-glaces et ralentit encore.

—Ce n'est pas tellement le moment, tu ne crois pas ?

Elle le voit cependant qui bifurque après une brève hésitation. Bientôt, elle reconnaît les premières maisons du quartier Saint-Eugène qui, depuis tant d'années, n'arrive pas à s'habituer à son autre nom, Bologhine.

Le vent plaque devant eux des trombes d'eau qui les aveuglent. Cela fait bien longtemps que pareil orage ne s'est abattu sur Alger. Alger enfin lavée de toutes ses poussières, de toutes ses scories. Alger délivrée du soleil qui, même en ces journées d'hiver, donne aux êtres et aux choses un éclat trompeur, une dureté, une sécheresse implacables.

Ils roulent, comme emportés par des forces déchaînées.

Elle voudrait s'arrêter, descendre, marcher sous la pluie. La sentir sur elle. Violente. Douce. Apaisante. S'arrêter juste là, au bord de ces rochers noirs couronnés d'écume blanche sur lesquels vient se briser la mer en furie.

— Arrête une minute, s'il te plaît…

Il freine prudemment et déjà elle est dehors, dévale un petit escalier creusé dans les anfractuosités de la roche. La pluie, le vent, les vagues lui coupent le souffle et, dans un brusque emportement, arrachent les amarres qui la retenaient au sol. Là. Elle est enfin arrivée.

Entraînée par son élan, elle se sent glisser, perd l'équilibre sans pouvoir se raccrocher aux aspérités de la roche mouillée et visqueuse.

Une main brutale lui saisit le bras avec force et la tire en arrière sans ménagement. Derrière elle, Karim, le visage décomposé, hurle comme pour couvrir le tumulte des flots.

— Tu es folle ? Qu'est-ce que tu fais ? Remonte tout de suite !

Il ne lui lâche le bras que lorsqu'elle est debout près de lui, sur le bas-côté. Elle a un peu mal au genou. Aux mains aussi, écorchées alors qu'elle essayait de s'agripper à la roche. La pluie glisse sur ses cheveux et coule, salée, sur son visage. Elle le suit. Curieusement apaisée, presque amusée par sa colère.

Il la pousse dans la voiture, claque la portière avec rage.

—Tu voulais me faire peur, c'est ça ? crie-t-il en démarrant brusquement.

De quoi avait-il peur ? Qu'elle se jette dans l'eau, là, sous ses yeux ? Au moment où il prononce ces mots, elle se rend compte qu'elle n'y avait même pas pensé.

—J'ai glissé. Je ne l'ai pas fait exprès.

Elle ne s'excuse pas. Elle explique.

Il fait demi-tour. Le visage fermé, il conduit en regardant droit devant lui. Il la ramène vers la ville aux rues désertées.

Quelques rares passants, silhouettes indistinctes fouettées par les rafales de vent et de pluie, peuplent d'ombres fantomatiques les trottoirs dévastés.

À mesure qu'ils avancent, le crépitement de la pluie se fait moins fort sur le toit de la voiture. La tempête est derrière eux.

À peine quelques lézardes de plus dans les murs délabrés, et quelques gouttières dans les plafonds des vieilles maisons de ces quartiers populeux qu'ils traversent à présent.

—Je te dépose au même endroit ? demande Karim d'un ton sec.

Elle a froid. Elle a mal. Elle a hâte de descendre de la voiture, d'arriver jusque chez elle, de retrouver les siens. Non, surtout pas ! Tout ce qu'elle veut, c'est être seule.

—Tu peux me déposer ici, ça ira. Je vais marcher un peu.

Il se gare tout de suite contre le trottoir, et sans couper le contact attend qu'elle s'en aille, qu'elle sorte de sa vie.

Les mots ne viennent pas. Les mots s'arrêtent au seuil de ses lèvres. Elle ne sait pas dire les mots qui blessent. Elle n'a jamais pu.

—Inutile de se dire au revoir, n'est-ce pas ?

C'est tout ce qu'elle parvient à dire. Elle se détourne et se met à courir sous l'averse qui reprend de plus belle.

—Mon Dieu, mais tu es trempée ! Où étais-tu par ce temps ?

Sa mère tourne autour d'elle, agitée, inquiète. Elle l'aide à enlever sa veste détrempée par la pluie.

—Mon Dieu, répète-t-elle, dans quel état tu es ! Vite, vite, va te changer !

Et Nadia redevient toute petite, fragile, aimée. Comme avant, quand elle courait se jeter dans les bras de sa mère en pleurant parce qu'elle avait mal et que sa mère la prenait contre elle, sur sa poitrine, la berçait en murmurant les mots qu'elle aurait tant voulu entendre maintenant.

Si seulement elle pouvait parler.

L'énorme poids de son chagrin se dissoudrait dans la douce chaleur de ce cœur, si proche. Elle n'avait pas le droit d'être sourde et aveugle à cette détresse dont l'évidence crevait les yeux; ce n'était pas possible !

—J'ai été surprise par la pluie. J'ai couru et je suis tombée, dit simplement Nadia en montrant son jean taché et ses mains écorchées. Je vais aller me changer.

Elle regagne sa chambre. Ferme la porte. Elle est seule. Absolument. Définitivement. Elle a tout perdu. En cet instant, c'est son unique certitude.

13

Elle n'a gardé de souvenirs vivants que ceux de son enfance.

Vivants. Ainsi, sous ses yeux fermés, le visage de son père. Il lui sourit. Il la prend dans ses bras. Il lui parle.

Elle n'a aucun souvenir de sa voix. Ni de ses mots. Quelques-uns peut-être. Seulement la douceur. Seulement la tendresse.

On dit que les pères, ici, préfèrent les garçons. Mais il l'a aimée. De cela elle est sûre.

Quel regard a-t-il posé sur son frère, né un an, juste un an après elle ?

Son regard sur elle, elle le voit comme une aile. Chatoyante et dorée. Des reflets qui traversent les détresses de ses nuits.

Quand elle y pense, même maintenant, elle a un peu moins peur. Elle a un peu moins mal. Les souvenirs des jours heureux estompent ces incessantes questions que personne, personne ne veut plus entendre.

Elle lui parle encore parfois. Souvent pour lui raconter ses rêves. Mais, de plus en plus, les images se dérobent, se brouillent, n'arrivent que par bribes. Fragments de photos déchirées. Jaunies.

La photo de son père est accrochée au mur. Juste au-dessus d'un meuble, dans la salle à manger. Au milieu. Présent à tous les repas. Le cadre est doré et le verre, sur le visage de son père, met des reflets aigus. Un cadre soigneusement épousseté chaque jour par le chiffon attentif de sa mère. Effacée la clarté de ses yeux. Effacé aussi le sourire, à peine un pli aux commissures des lèvres.

Ils sont tous les deux dans une chambre. Nadia et son père. Une chambre immense, lui semble-t-il, immense et sombre. Il fait froid, lui semble-t-il aussi, mais peut-être est-ce autre chose qui la fait trembler. Au fond, dans un coin de la pièce, une ombre bouge au ras du sol. Nadia s'accroche à son père. L'ombre grandit, se déplie. Des bras, des jambes, un visage, mais elle n'en distingue pas les traits. Elle sait, c'est une certitude violente, elle sait que c'est Djamel.

Il se dresse au-dessus d'elle. Plus grand, bien plus grand qu'elle. Elle n'a pas encore huit ans. Il paraît bien plus grand que son père. Elle se retourne, glacée. Son père ? Elle le sent encore près d'elle, contre elle, mais elle ne le voit plus. Juste une tache de lumière, une source. Nadia veut la saisir, l'emporter pour la garder en elle, mais la lumière traverse ses doigts, traverse son corps.

Elle est seule. De nouveau.

14

Le ciel s'émiette en une multitude de petits nuages, de plus en plus sombres, de plus en plus pressés.

Le vent s'étire dans une longue plainte.

Partout, portes et fenêtres sont fermées. Le vent s'insinue en longs gémissements, parcourt les couloirs, air froid, glacial, au ras du sol et les hommes ont beau calfeutrer les moindres interstices de leurs maisons, dresser des barreaux sur les moindres ouvertures, couvrir leur corps d'épaisses couvertures, douces, chaudes, ils entendent les longues plaintes, les gémissements parfois terribles, la rumeur violente de ce vent qui arrache leurs dernières et fragiles certitudes, et emporte au loin leurs rêves.

15

Fériel est revenue de l'école en larmes. Ils ont tué le père de Naïma, sa copine, dit-elle, celle qui s'assoit à côté d'elle en classe.

Naïma n'est pas venue à l'école. Ils ont tué son père. Son père écrit dans un journal. Il est journaliste, je crois.

Dis, pourquoi ils tuent les journalistes ?

Ils l'ont tué ce matin, juste quand il sortait de chez lui. Il allait monter dans sa voiture. Ils étaient deux. Tout le monde les a vus. Ils se sont approchés de lui, ils ont tiré. Deux fois. Naïma était dans la voiture. Elle les a vus. Dis, pourquoi ils tuent les journalistes ?

Elle pleure, Fériel. Elle marche dans le couloir, elle ne peut plus s'arrêter de marcher. Elle ne veut plus aller à l'école. Elle a peur. Ils tuent tout le monde. Même la maîtresse a pleuré ce matin.

Fériel ne demande pas qui ils sont. Elle sait. Mais elle ne comprend pas. Dis, pourquoi ils tuent les journalistes ?

La mort a fait irruption dans sa vie d'enfant insouciante. Elle est là à présent. Tout près. Pas comme à la télé. Plus proche. Plus vraie. La mort est là, au bout de la cité. Sur le trottoir, des flaques de sang. Elle les a vues. Toutes noires. Des cris. Un homme est tombé. Pour de vrai.

Pour avoir eu le courage, l'audace, disent-ils, de dire. D'écrire pour que les autres sachent. Au nom du devoir d'informer.

Il faut lui dire à Fériel que les mots aujourd'hui, ici, sont plus dangereux que des armes. Et qu'il faut se taire ou payer de sa vie.

Mais elle ne comprend pas, Fériel. Il n'a rien fait. Écrire, ce n'est pas tuer!

Les mots peuvent faire mal, Fériel, parce qu'ils éclairent, parce qu'ils dévoilent, parce qu'ils mettent à nu les desseins les plus sombres, les pensées les mieux cachées. Parce qu'ils montrent, qu'ils expliquent. Parce qu'ils disent l'horreur, la barbarie, qu'ils nomment l'innommable.

Et que sans eux, Fériel, le monde serait sourd. Le monde serait aveugle.

16

Elle était sûre que rien ne pouvait lui arriver. Surtout pas ça. Pas à elle. Tellement sûre que jamais elle n'en a parlé avec Karim. Toujours la peur de l'implacable crudité des mots qu'il faudra bien dire maintenant, des questions qu'il aurait fallu poser. Qu'elle n'a jamais posées.

Alors, elle a rangé ces méchantes idées, indignes du Grand Amour, dans les tiroirs de l'impossible. Des tiroirs dont on sait qu'ils existent, parce qu'ils sont là, près de soi, mais que l'on n'ouvrira jamais, croit-on. Un peu comme les enfants qui ferment les yeux devant un danger, croyant du même coup le supprimer.

Et elle attend. Elle essaie de se rassurer par mille subterfuges, de plus en plus illusoires à présent, à mesure que le temps passe. Si le sang tarde, si le sang ne vient pas, c'est que son corps tout neuf a pris d'autres dimensions, d'autres habitudes peut-être. Qu'il lui faut du temps avant de retrouver son rythme, de retrouver ses marques. Juste un reflux.

Elle attend. Et à mesure que le temps passe, que le temps s'accélère, l'angoisse s'insinue en elle, creuse des tranchées au cœur de ses certitudes.

Et puis... Rien. Il lui faut maintenant aller jusqu'au bout d'elle-même.

Un nœud de sang est en elle, pas plus gros qu'une larme.

Un nœud de sang est en elle, qui va se défaire. Qui doit se défaire.

Et dans cette sève, cette sève maligne, qui maintenant gonfle ses seins douloureux, qui cerne ses yeux et l'empêche de trouver le sommeil, elle puisera la force de tout affronter. Quel qu'en soit le prix.

Elle avait dit à Karim, un jour, un jour de ciel serein, qu'en lui donnant l'amour, il lui donnait la vie.

Donner la vie ? Encore une question à laquelle elle ne pourra trouver, elle, qu'une seule réponse. La seule possible.

17

D'abord, la tentation première : mourir. Avec le privilège rare en ces jours, le seul qui lui reste, celui de pouvoir choisir sa mort.

Qu'il serait donc facile de ne plus avoir à décider, à agir, à lutter !

La mort seule peut tout résoudre. Absoudre la faute. Effacer toute trace du déshonneur. Une expiation.

Lester son corps – son âme aussi – de pierres. Se laisser couler au fond, tout au fond. Descendre lentement, doucement, les cheveux éployés, le corps terriblement léger, dans un dernier envol. Images aériennes. Au bout du tunnel, la lumière. Suprême bonheur que de se délivrer du lourd manteau noir des mensonges, de l'étreinte étouffante de l'angoisse.

Et l'appel se fait pressant. Voici que revient le rêve. Le rêve d'oiseau qui fend l'espace sans que rien ni personne ne puisse le retenir.

Qu'importe la douleur, celle des autres.

Son corps sur le lit se détend, s'apaise.

Choisir sa mort, puisqu'elle ne peut pas choisir sa vie.

Nadia ouvre les yeux. Chaque objet autour d'elle est si présent, si solide. Des repères. Des points d'ancrage. Ses livres sur le bureau. Tout ce qu'elle ne pourra plus apprendre…

La mort ne serait-elle pas la meilleure, l'ultime réponse aux questions ? À toutes les questions ?

Ne serait-elle pas surtout un trop facile renoncement ?

18

Oh non, elle n'est pas seule !

Il suffit de parler. De tendre la main. De dire sa détresse.

Farida est là. Farida et les autres. Une chaîne, une immense chaîne de solidarité aussitôt se met en branle, s'organise.

Des femmes qu'elle ne connaît pas, qui ne la connaissent pas.

Que de filles avant elle ont parcouru ce chemin ! Oh non, elle n'est pas seule !

Il faut faire vite, très vite, disent-elles. Agir le plus tôt possible. Arracher cette boule d'angoisse, de chair et de sang qui grandit en elle, qui se nourrit d'elle.

À l'extrémité de la chaîne, un nom, une adresse griffonnés sur un petit bout de papier, plié et replié plusieurs fois, soigneusement caché au fond d'un sac.

L'espoir existe. Il a le visage généreux de ces femmes inconnues.

Nadia tout à coup se sent forte. Forte de tout leur courage, de toute leur volonté. De la volonté contagieuse qu'insuffle l'espoir tissé par ces femmes anonymes. Se battre. Ne pas abdiquer.

Même le nom griffonné sur le petit bout de papier a la couleur de l'espoir. Elle s'appelle Khadra[2]. Elle est infirmière dans un centre de santé. Combien de femmes a-t-elle aidées, combien de jeunes filles a-t-elle sauvées, Khalti[3] Khadra la bien nommée.

Nadia ira la voir. Elle lui parlera, lui expliquera. S'il faut de l'argent, elle en trouvera, coûte que coûte. Elle a sa bourse. Et cette petite chaîne en or qu'elle porte au poignet, un cadeau de son oncle. Elle saura inventer des histoires, elle a toujours su.

Il faut faire vite, très vite !

---

2. Khadra : prénom féminin répandu en Algérie, signifiant « Verte ».
3. Khalti : tante maternelle. C'est ainsi qu'on désigne les femmes d'un certain âge.

19

Des centaines, des milliers de femmes ont été écartelées avant elle.

Fouillées par des mains plus ou moins expertes, plus ou moins propres.

Toutes ont subi cette intrusion dans leur intimité, au plus profond de leur chair.

Nadia a lu des récits de femmes qui, il y a longtemps, ont parcouru avant elle ce chemin. Elles ont raconté l'Événement. Elles en parlaient avec des mots tranchants, si douloureux qu'elle ne les a pas oubliés. Elles parlaient de « charcutage », d'aiguilles à tricoter, de faiseuses d'anges.

Au fond, elle a de la chance. Elle ne vivra pas de moments aussi sordides. Du moins, c'est ce qu'elle espère.

Des femmes peuvent raconter cela dans les livres. D'abord avoir le courage de le faire, puis celui de le dire. Non, pas ici. De l'autre côté de la mer. Les femmes ici ne racontent pas. Depuis toujours, elles se taisent. Elles se terrent.

Le sang, la souffrance et les larmes. Un acte de libération disent-elles, ces femmes qui se disent aujourd'hui libérées.

Ici, c'est bien plus. Un acte de survie. Dicté par un instinct sauvage de conservation, rien de plus. Il ne s'agit pas de choisir. Aucune autre alternative n'est envisageable. La mort, peut-être.

C'est ça. Il faut arracher, supprimer cette prolifération de cellules ou mourir. Agir donc. Le plus vite, le plus discrètement possible.

Nadia ira à son rendez-vous comme elle irait chez un dentiste pour soigner un abcès ou extraire une dent. Un acte médical, absolument nécessaire, vital. Qui ne saurait souffrir d'aucune hésitation.

La peur est là, bien sûr. La peur d'être vue, d'être reconnue, d'être découverte.

20

Farida l'accompagne jusqu'au bas de l'immeuble. Elle lui serre la main, esquisse un sourire qui ressemble à une grimace et se détourne, s'en va très vite avant que Nadia puisse voir les larmes qu'elle ne peut plus retenir.

Troisième étage. Porte B.

Nadia gravit les marches, lentement.

Murs constellés de taches noirâtres, répugnantes. Odeurs qui montent des cours intérieures. Détritus un peu partout. Cris stridents d'enfants jaillis dans l'obscurité et qui la bousculent.

Pénombre aussi dans la pièce où elle s'assoit sagement sur le rebord du canapé. « Je reviens tout de suite », crie Khalti Khadra avant de refermer la porte sur elle.

Khalti. Elle aurait pu être sa tante, la sœur aînée de sa mère. Avec juste ce qu'il faut de bonté et de douceur dans le sourire.

Dans ses yeux noirs et mobiles enfouis dans un visage replet, épanoui.

Nadia est maintenant allongée sur le canapé. La jupe seulement relevée. Sous elle, la toile d'alèse est froide. Khadra lui place un coussin sous les fesses. Gestes précis, sûrs, combien de fois répétés !

Les jambes repliées puis écartées. Les yeux fermés. Nadia n'est plus qu'un tas de chair tremblante qui se liquéfie de honte, d'humiliation. La lumière violente d'une lampe dirigée vers elle traverse ses paupières baissées. Des éclats de lumière, rouges, noirs, sur lesquels jouent des météorites qui apparaissent et disparaissent. Elle se concentre de toutes ses forces sur ces traînées lumineuses quand elle sursaute violemment, comme touchée, traversée par une décharge électrique.

« Allons, allons, ne bouge pas, reste tranquille ! C'est froid ? Bien sûr, c'est le spéculum. Ne bouge pas, ça y est, je vais l'ouvrir. »

Et c'est comme si quelque chose en elle devenait béant.

Elle sent dans son ventre un objet dur, froid, qui la fouaille sans répit.

Violentée. Violée par un spéculum. Une manie que de tout mettre en mots. Elle s'est toujours raccrochée aux mots. Seuls les mots peuvent la sauver du désespoir, de la déraison. Toute petite déjà, elle se berçait de syllabes, de mots, de consonances qu'elle répétait, chantait pour elle seule.

Les mots la consolaient, l'enchantaient, mais la blessaient parfois aussi, comme la blesse en cet instant la vrille qu'on introduit en elle. Douleur fulgurante qu'elle doit supporter tandis que dans sa tête explosent dans un maelström immense tous ces mots inutiles.

Quelques minutes ou quelques heures plus tard, Nadia se retrouve livrée au soleil d'hiver aveuglant et froid qui inonde la rue. Le vacarme de la circulation est assourdissant. Tenir. Marcher. Elle cherche des yeux un taxi. Peut-être que par miracle il en passera un, vide. Elle marche doucement, avec en elle ce corps étranger dont elle sent la présence au moindre mouvement. Une sonde. Une tige de caoutchouc qu'elle n'a même pas voulu regarder. Elle doit la garder, fichée en elle pendant quarante-huit heures. Revenir si rien ne se passe. Ne rien dire. Même et surtout en cas de complications. Ce qui peut lui arriver de pire, ce serait justement d'avoir à en parler.

En face d'elle, un taxi s'arrête pour déposer deux hommes qui la dévisagent tandis qu'elle s'y engouffre. Toujours ces yeux avides.

Dans quelques minutes elle sera chez elle. Elle n'aura plus qu'à attendre. Elle trouvera un prétexte pour ne pas avoir à sortir. Des examens à préparer. Personne ne viendra la déranger. Elle a élevé maintenant des remparts autour d'elle.

Attendre que tout soit fini. Que soit définitivement tournée cette page de sa vie.

21

Dans la ville, plus personne ne rêve. Il n'est que de voir les visages défaits, les regards éteints de la foule pressée, assaillie de rumeurs funestes.

Les femmes ramènent autour d'elles des voiles qui traînent dans la poussière et les courses des enfants dans les rues font trembler le cœur des mères inquiètes.

Images atroces, images indélébiles, greffées sur la rétine et sur la conscience d'un peuple autrefois vivace et fier.

De bouche à oreille, la rumeur grandit. Elle saute de terrasse en terrasse, parcourt les venelles sombres, bouscule les vieillards immobiles assis au soleil, pénètre dans les maisons, s'insinue dans les cœurs en laissant derrière elle de longues traînées sanglantes.

Dans la quiétude des salons, dans la moiteur des cafés enfumés, on essaie, avec des mots, d'apprivoiser l'horreur chaque jour dépassée. L'odeur du sang se mêle aux relents de café refroidi et les hurlements sont couverts par le bruit des conversations.

Un profond soupir de soulagement soulève les poitrines, irrépressible instinct, réflexe de survie, quand s'éteignent les lumières et que vient le temps du sommeil, le temps éphémère de l'oubli.

22

Le ciel est une mer immense où elle veut se noyer pour que disparaisse enfin cette douleur qui déchire ses entrailles. Le fruit de ses entrailles. Comme un refrain obsédant, ces mots martèlent ce qui lui reste de conscience.

Ne plus bouger… Endolorie de peine, de haine et de souffrance. Un besoin presque irrésistible de fermer les yeux, là, de se laisser couler. Autour d'elle, familier, le décor de sa chambre. Sur le mur, au-dessus du bureau, Camus, figé dans une éternité noire et blanche, plisse les yeux dans un sourire qui se veut rassurant.

Non ! C'est au ciel nu, bleu, immuable, que son regard dérivant veut s'accrocher. Pas le moindre nuage. Une belle journée. Elle tremble de froid. Les mains, les pieds, le cœur glacés. Par-delà les vitres fermées de la fenêtre, là-bas, dans les autres appartements, on vit, on s'active. Des bruits de vaisselle, des cris d'enfants, des bribes de vie s'échappent et arrivent jusqu'à elle.

Et puis, de nouveau, la douleur. Si violente qu'elle remonte à ses lèvres en un gémissement qu'elle essaie en vain d'étouffer. Intolérable. Elle s'agrippe aux draps et sous ses yeux fermés éclatent mille éclairs aussi fulgurants que les pointes qui traversent son corps. C'est donc ça, un enfantement? Sans enfant, sans raison d'être. Elle doit attendre la délivrance. Elle serre les cuisses, croyant sentir encore en elle la sonde qui l'a transpercée.

Il faut maintenant qu'elle se lève, qu'elle essaie de se traîner jusqu'aux toilettes. Pas un bruit dans la maison. Aux aguets, elle tend l'oreille. Personne. D'un geste hésitant, elle ouvre la porte. Elle a aux pieds des boulets. Lourds. Si lourds… Impossible de réprimer ce claquement de dents qui semble résonner dans toute la maison. Traverser le couloir, rentrer, fermer la porte derrière elle. Et puis regarder, le cœur au bord des lèvres, ces flots de sang qui s'écoulent d'elle. Rouge et noir. Assise sur le siège, elle se vide lentement de cette vie qui l'a un jour habitée. La vie, ça? Non, plutôt la mort… C'est un film? Un livre? Tous ses muscles se contractent. Faut-il…? Peut-elle faire l'effort d'expulser ce poids qu'elle sent au fond d'elle, dans son ventre? Des images. Des mots. Poussez! Pousser hors d'elle ce qui n'est qu'un petit bout de chair incrusté dans sa chair. Elle ne veut pas penser. Juste garder assez de forces, assez de conscience pour accomplir des gestes. Se relever, s'asseoir aussitôt, parce qu'elle ne peut pas, elle ne peut plus ouvrir la porte et revenir à sa chambre. Et brusquement, une autre contraction. Elle enfonce son poing dans la bouche tandis que des larmes jaillissent, qu'elle ne peut contenir. Affolée, elle se voit en train de crier... Au secours, aidez-moi, je vais mourir, je suis seule, j'ai mal... Aucun son ne sort de sa bouche et pourtant elle s'entend crier comme une bête qu'on écartèle. Submergée, dépassée par la douleur, elle se laisse tomber contre le mur. Avec l'irrésistible envie de ne plus lutter. Glisser dans le néant. Tout abolir. Des images. Des flots rouges coulent, passent sous la porte, inondent le couloir, arrivent jusqu'aux chambres. Des vagues affluent de toutes parts, recouvrant la maison, la submergeant. Elle ne peut plus respirer. S'enfonce en suffoquant, emportée dans un tourbillon. Impossible de se raccrocher au moindre rocher. Ses mains ne sentent que la surface dure et froide du carrelage.

Elle est là depuis combien de temps ? Quelqu'un tourne la poignée de la porte et puis s'éloigne. Un déclic. Elle revient lentement à la vie. Retrouve, rassemble quelques parcelles d'énergie. Et maintenant le long, le difficile retour vers la chambre. À côté, Fériel écoute de la musique. Les autres ne sont pas encore rentrés. Certainement. Et sa mère ? Quelque part en train de fureter. Sûrement dans la cuisine à cette heure. Tout est dans l'ordre. Une journée comme les autres. Encore quelques heures avant la nuit... Quand sera-t-elle délivrée ? On lui a dit que cela pouvait durer longtemps. Comme un accouchement. Mais elle ne sait pas. C'est comment un accouchement ? Et puis on n'accouche pas seule, sans quelqu'un qui vous tienne la main, vous aide à traverser les longs couloirs terribles de la douleur.

C'est ça. Il faut respirer quand la douleur arrive. Se concentrer sur la façon de respirer. Très vite. Ne plus penser qu'à ça. C'est comment, un fœtus de près de trois mois ? Elle va bientôt le savoir. On lui a recommandé de préparer du coton, beaucoup de coton. Un sac de plastique... Et quoi d'autre encore ? Ah oui, des comprimés à prendre. Après... Elle ne sait même plus où elle les a cachés.

Répit. Mais elle se sent si faible. Ses jambes, ses genoux. Tout en elle est endolori. Tapie au creux de son ventre, la douleur est toujours là, attendant de resurgir... Ça y est. Elle revient. En vagues rapides, régulières, foudroyantes. Elle se recroqueville en hoquetant. Se débat, enfonçant ses ongles dans ses mains fermées, tout entière centrée sur l'insupportable sensation de se défaire, de n'être plus qu'une multitude d'éclats qui s'entrechoquent, s'éparpillent dans tous les sens. Le poids se fait de plus en plus lourd dans son ventre. Elle se sent le besoin de pousser. Là. Encore un effort et la chose glisse d'elle, hors d'elle, entre ses jambes. Elle est là, hébétée, incapable de faire le moindre geste. Elle ne veut pas regarder. Elle n'a plus mal, plus du tout. Merveilleuse accalmie. Elle n'a plus mal. Elle ne sent rien d'autre qu'une chaleur humide qui continue à descendre le long de ses cuisses.

Elle a déjà vu un fœtus. Sorti du ventre d'une brebis qu'on avait égorgée un jour de fête, dans la ferme de son grand-père. Cela fait bien longtemps. Elle devait avoir sept ans. Et dans la cour, abandonné sur les pierres, dans une espèce de poche transparente, le corps d'un tout petit mouton. Un embryon tout rose, avec des pattes, un corps, une tête. Elle s'était même amusée à percer la poche, avait examiné avec curiosité le liquide qui s'en était écoulé, et avec un bâton avait trituré ce qu'elle avait appelé l'œuf. Elle avait très vite oublié. Et voilà que resurgit ce souvenir maintenant. Si précis. Si dur.

Elle est là, la poche. Par terre. Intacte. Ne pas regarder. Ne pas penser. La mettre dans le sac. Chercher le coton. Où est-il ? Ah oui, dans le tiroir, avec les culottes. Essuyer. Effacer. Ne pas penser.

Et maintenant ? Aller dans la salle de bains. Vite. Réflexes d'urgence. Se laver. Nettoyer. Et surtout s'habituer à cette douloureuse béance qui vient de se creuser en elle. À demi consciente, elle flotte dans un univers ouaté où s'agite quelqu'un qui n'est pas vraiment elle. Elle se regarde agir, dans une étrange sensation de dédoublement. La glace en face d'elle lui renvoie l'image d'un visage livide, décomposé, marqué de profonds cernes bleuâtres. Des yeux creux et pâles la fixent, lourds d'un désespoir innommable.

Combien de temps cela a-t-il duré ? Personne n'est entré dans sa chambre. Personne ne l'a appelée. Elle n'ose même pas imaginer ce qui aurait pu se produire si… Sa mère surtout. À cet instant, plus rien n'a d'importance, hormis le désir de tout effacer. Une obsession qui écarte d'elle tout autre sentiment. Elle a tout oublié. Sa souffrance. Les jours avant. Ces minutes, ces heures interminables. Les plus longues. Elle a traversé les contrées arides et désertes de la solitude, de la souffrance et elle s'est délivrée de tout à présent. Presque apaisée, malgré ce sang qui continue à sourdre, lentement.

Elle va se coucher, sombrer dans le sommeil. Bienfaisant. Réparateur, dit-on. Des mots. Dormir. Ses paupières sont lourdes. Si lourdes. Et ses bras. Et son corps. Elle n'est plus qu'une loque inerte, disloquée, exsangue. Quelque chose, une force irrépressible l'attire vers des profondeurs à la fois brûlantes et glacées. Elle s'enfonce sans esquisser le moindre geste, loin, très loin, vers le centre de la terre. Elle s'enfonce dans un gouffre aux parois lisses et sombres, se laisse emporter dans un trou noir où tournoient de minuscules papillons blancs, légers, aériens, des grains de lumière qui s'envolent sous ses paupières serrées.

—Nadia ! Nadia ! Réveille-toi. Enfin, en voilà des façons !

Penchée sur elle, sa mère la secoue, sans ménagement. Nadia essaie désespérément d'ouvrir les yeux. Ses paupières sont de plomb.

—Réponds-moi ! Dis, qu'est-ce que tu as ? Tu es malade ? Qu'est-ce que tu as ? Mais ouvre les yeux, réponds-moi !

L'insistance inquiète de sa mère traverse difficilement les limbes de sa conscience anesthésiée. Sans ouvrir les yeux, Nadia se détourne et ramène sur elle la couverture dont elle s'était recouverte.

—Rien, mais rien ! Laisse-moi dormir, je suis fatiguée, mal au ventre, c'est tout...

Sa voix lui parvient comme du bout d'un tunnel. Elle doit parler cependant. Il faut qu'elle tranquillise sa mère. Il faut que sa mère s'en aille. Pour qu'elle puisse se laisser couler dans ce vide qui l'aspire. Le silence qui se prolonge la décide à ouvrir les yeux. Dans la figure défaite qui l'examine curieusement, il lui semble lire une interrogation soupçonneuse qui la réveille tout à fait.

—Quoi ? Qu'est-ce qu'il y a ? On ne peut plus dormir maintenant ? explose-t-elle. J'ai mal au ventre, tu ne comprends pas ? Je suis indisposée...

Désarçonnée par le ton volontairement agressif de Nadia, la mère recule.

—Tu veux une tisane ? J'appelle...

— Dormir, coupe d'un ton sec Nadia ; pas la peine d'alerter tout le monde, je ne veux rien !

La mère semble se tasser encore, et recule vers la porte, avec toujours cette interrogation inquiète dans le regard.

— Ferme la porte !

La peur agit sur elle comme un aiguillon. Elle a recouvré toute sa lucidité. Ils sont tous là. À aucun prix ils ne doivent savoir.

Elle parcourt du regard la chambre. Tout est en place. Le sac de plastique bien dissimulé dans une boîte de chaussures, en bas, au fond du placard. En attendant. Quelque trace peut-être ? Mais non. La chambre a toujours son aspect familier, ordonné. Il ne s'est rien passé. Ses vêtements posés sur la chaise ne sont pas souillés. Seul le lit défait... Elle se redresse. Elle va sortir de la chambre, les rejoindre. Ils sont tous là. Quelle heure peut-il être ? Elle a sans doute dormi longtemps. Elle ne se souvient pas d'avoir allumé la veilleuse près de son lit. Un coup d'œil à sa montre la rassure. Il fait déjà nuit, mais il n'est que six heures et demie. Encore quelques instants avant d'aller à la cuisine aider sa mère. Juste le temps de rassembler ses esprits, de se changer. Se préparer à affronter le regard des autres, à subir les questions que ne manquera pas de susciter sa mine. « Une mine de déterrée », dira Salim pour la taquiner. Il ne peut pas savoir. Il ne saura jamais. Personne ne saura jamais rien.

Elle se relève tout à fait mais doit se retenir au mur pour ne pas tomber. Ses jambes ne lui obéissent pas. Une poupée désarticulée. Complètement ravagée, avec juste assez de force pour se recoucher. Et si elle s'évanouissait dans la cuisine ou pendant le repas ? On l'emmènerait à l'hôpital, on l'examinerait. Et dans son esprit affolé se déroule la suite d'un scénario qu'elle repousse avec tout ce qui lui reste d'énergie. D'abord Djamel, son frère, le premier à être prévenu. Et ceux qui allaient l'interroger, la confondre.

Elle ne pourrait plus mentir, inventer…

Assaillie par une vague de désespoir, elle se tord nerveusement les doigts, se prend la tête, secouée par des sanglots secs et silencieux. Elle est trempée. Sang et sueur. Son chemisier qu'elle n'a pas ôté colle à sa peau. Elle a froid de nouveau. Elle tremble de tous ses membres. De la fièvre peut-être… Elle ne sait plus ce qu'elle doit faire. Personne ne lui a expliqué.

Et soudain, elle se souvient des comprimés qu'on lui a remis. Mue par un brusque sursaut d'énergie, elle parvient à se mettre debout. Quelques pas, jusqu'au placard. Elle se met à chercher la boîte. Tellement bien cachée qu'elle n'arrive pas à se souvenir. Ah, ça y est ! Là, dans le tiroir, au milieu d'une écharpe soigneusement pliée. Deux comprimés maintenant et deux autres, dans quatre heures.

Des pas. Quelqu'un s'arrête devant la porte de sa chambre. Un bref instant, puis repart. Salim certainement, envoyé par sa mère. Il vient aux nouvelles. D'abord lui, puis Fériel. Elle entrera, elle, sans frapper. Nadia se déshabille lentement. Sa robe de chambre enfilée par-dessus sa chemise de nuit, elle se sent déjà mieux. Un coup de peigne pour réparer le désordre de sa chevelure. Elle ouvre son sac et sort le petit miroir offert par Karim pour son anniversaire. Que c'est loin ! Une petite glace ronde, bordée d'un feston doré, avec, au dos, des incrustations bleues et blanches sur porcelaine. Ils l'ont choisie ensemble. Dans une toute petite boutique découverte au hasard de leurs promenades. Elle se revoit, coquette et insouciante, lui assurant qu'elle ne se ferait belle que pour lui. Une autre fille, dans une autre vie. Tout en elle est dur, froid. Froid comme la mort. Elle vient de donner la mort, comme d'autres donnent la vie.

Elle entend maintenant des voix, à côté, dans la salle à manger. Étonnée de n'avoir pas été appelée, elle ouvre la porte et se retrouve à nouveau plongée dans l'univers familial.

III

1

Les gestes quotidiens, les gestes faits sans y penser quand tout autour de soi s'écroule, les gestes de la vie ordinaire, codifiée, étale et tranquille. Ces gestes sauvent de l'enlisement. Ils tirent d'un courant trop fort quand celui-ci pourrait tout emporter.

Se lever le matin, le cœur vide, les yeux lourds d'un sommeil qui s'est dérobé. Ouvrir les yeux sur les objets autour de soi qui gisent dans le silence d'une réalité encore sombre. Les vêtements qu'on enfile, n'importe lesquels, parce qu'ils sont là, à portée de main. La porte qu'on ouvre sur la présence des autres. Et dans la salle de bains, les gestes rituels, l'eau est froide sur son visage, la brosse crépite dans ses cheveux. Le miroir, les miroirs qu'on évite. Peur de découvrir un autre visage.

Et puis la chaleur de la cuisine. Le goût fade du lait réchauffé, le café tiède qu'on avale debout, très vite, pour ne pas avoir à parler.

Descendre enfin dans l'air vif du petit matin.

Autour d'elle, des ombres pressées dans la lumière blême du jour qui vient. Des formes voilées glissent sans bruit de chaque côté de la route. Le ciel qu'on ne veut pas regarder.

Elle marche. Il fait jour maintenant.

Le reste, les bus, la foule, les visages et les mots, l'institut, les couloirs à traverser, la voix des professeurs, l'attention inquiète de son amie, les bruits de la vie, le retour, le visage de sa mère, la vie qui continue, pareille, étale, immobile, tout se fond dans la brume épaisse où elle s'enfonce. Inexorablement.

2

À force de vivre la mort, la mort des autres, toutes les morts, celles qui défigurent le visage des proches, de ceux qui restent, celles qui font monter aux yeux une larme, une seule, celles qui surprennent, parce qu'on ne comprend pas, celles qui révoltent, qui font le cœur déchiré, une vraie déchirure presque sanglante, celles qui dévastent chaque jour un peu plus, chaque jour un peu moins envie de vivre, d'être là à attendre à qui le tour demain, à force de ne plus avoir de force pour attendre, pour entendre, de se dire qu'elle est là la mort, toute proche, peut-être dans les yeux de ce jeune homme qui avance d'un pas léger, on se découvre un jour des lézardes au cœur, le cœur comme une intaille, le cœur gravé de noms désormais inutiles, et l'on ne peut même pas crier, parce qu'on a peur, peut-être soi-même bientôt, comme ça, pour rien, et qu'on a, malgré tout ce qu'on en dit, toujours envie de vivre.

3

Les nuits maintenant. La nuit surtout.

Ses nuits sont zébrées de rêves effrayants.

De grands oiseaux noirs la poursuivent, tendant sur un ciel blafard de longues griffes fulgurantes. Acérées.

Elle court et le désert est blanc. Froid. Désert de pierres, bruissant de vents heurtés. Rafales en saccades qui giclent droit sur elle. Si violentes par moment qu'elle suffoque.

Elle court. Éperdue. Froissement des ailes cisaillant l'espace au-dessus d'elle. Droit sur elle. Elle trébuche. Tombe. Ombres sur elle. Les griffes se referment.

Et elle s'envole. Très vite. Très haut. Se perd dans les nuages.

Les jours et les nuits. Pareils.

4

Déjà le ciel s'assombrit.

Nadia presse le pas.

Au seuil de l'immeuble, un groupe de jeunes gens s'écarte pour la laisser passer. En silence. Elle reconnaît Djamel qui détourne la tête pendant qu'elle avance. Le silence l'accompagne jusqu'au haut des marches. Un silence lourd, plein d'une hostilité presque palpable.

Elle est passée sans les regarder, sans les saluer. Elle les connaît tous pourtant. Des gosses de la cité. Ils sont allés à l'école ensemble.

Elle marche devant eux, la tête nue. Cela seul est un défi aux lois qu'ils veulent désormais faire régner dans la cité. Son frère et les autres…

Presque toutes les filles ici ont fini par céder. Elles portent le voile.

Voiles blancs, voiles noirs, comme des suaires.

Une obligation, disent-elles, à laquelle elles ne peuvent plus se soustraire. Au nom de Dieu, ou au nom de la Peur ? Même les petites filles, certaines petites filles sortent maintenant la tête recouverte d'un foulard, les bras, les jambes entravés par de longues tuniques qui les empêchent de courir, de jouer.

À la porte de sa chambre, Nadia s'arrête, atterrée. Les photos accrochées au-dessus du bureau ont disparu. À leur place des taches plus claires sur les murs nus.

Elles sont par terre, les photos, déchirées. Ses cahiers, ses cours éparpillés dans toute la chambre. Sur le lit, deux petites poupées gisent, écartelées avec une violence délibérée.

Elle a devant elle tout ce à quoi elle tenait. En lambeaux. Les livres aussi, posés sur la table de chevet, déchiquetés comme par une colère effroyable. Un cyclone est venu tout ravager. Dévaster son île.

Elle est immobile. Très vite elle comprend.

Ainsi Djamel a décidé de passer aux actes. Puisqu'il ne peut pas la contraindre, elle. Il faut qu'il l'atteigne. Là où cela fait le plus mal.

Détruire, disent-ils, tout ce qui est illicite: les photos, les livres, l'art, la beauté.

Rien ne bouge en elle. Aucune colère. Pas le moindre élan. Pas le moindre frémissement.

Appeler sa mère? Pourquoi? Pour qu'elle essuie des larmes avec le coin de son tablier, tremblante de peur de voir ses enfants se déchirer – lui surtout, son fils, si fragile… il ne sait pas ce qu'il fait…

Elle baissera la tête, sa mère, courbera l'échine et, espérant apaiser sa fille dont elle connaît les colères, ramassera un à un les papiers et les lui tendra, d'un air suppliant.

Elle se tait. Elle n'appelle pas sa mère.

Elle referme la porte, ramasse les papiers, les livres, les photos, fait du tout un petit tas au milieu de sa chambre.

Elle se dit, comme ça, une idée bizarre qui lui vient, qu'il faudrait y jeter une allumette pour achever la tâche commencée. Un autodafé, pour de bon!

Dans la salle à manger, en face d'elle lorsqu'elle s'assoit, elle lève les yeux et découvre une tache plus claire à l'endroit où était accrochée la photo de son père.

5

Voilà deux jours qu'elle n'a pas vu le soleil. Elle ne sait pas d'ailleurs s'il fait soleil. Les volets sont fermés. Elle est allongée sur le lit. Malade, fatiguée, dit-elle à sa mère qui, de temps à autre, furtivement, vient ouvrir la porte.

Elle se redresse parfois quand Salim ou Fériel viennent la déranger. Ce n'est rien, juste un peu mal à la tête. Difficilement, elle écoute. Fait semblant. Bavardages. La vie s'engouffre avec eux dans la chambre. Mais elle ne veut pas de cette vie-là, impatiente, puérile.

Assis près d'elle, ils se racontent des histoires. Ils rient. De tout. De rien. Salim a le rire facile, le rire à fleur de lèvres de ces adolescents à la fois fragiles et blasés. Un rire qu'ils portent comme un bouclier ou comme un masque, pour se garder des autres – et d'abord d'eux-mêmes.

Présence. Absence. Elle erre au-delà des murs de sa chambre. Dans son enfance surtout. Chaque jour elle s'enfonce à l'intérieur d'elle-même, un peu plus. Sur les décombres de sa vie.

Il y a le sang aussi. Le sang continue à sourdre, comme d'une blessure ineffaçable, inguérissable.

Le temps s'écoule. Intolérable. Glacé.

6

Sur la vitre, de fines gouttelettes de buée dessinent de longues larmes tremblantes. Nadia a chaud sous son voile. Le grand foulard blanc s'obstine à glisser sur son front. Elle ne le relève pas.

Elle est assise dans un autocar cahotant.

Deuxième rangée à gauche. Près de la fenêtre. Fermée, la fenêtre. Toutes les fenêtres. Il fait froid dehors. L'air du matin est encore vif. Bleu inaltérable du ciel par-delà la fenêtre. Odeurs dans le bus. Exhalaisons fortes et chaudes d'une humanité vivante, entassée, secouée par les trépidations.

Elle a gardé son ticket dans la main. Son sac sur les genoux.

Elle pose un instant son front brûlant sur la vitre froide.

L'autobus s'arrête. En descendent deux femmes chargées de lourds sacs de plastique blanc rayé de noir. Les portes se referment sur une longue coulée d'air froid qu'elle boit goulûment.

Elle n'est pas encore arrivée. Tout à l'heure en

montant, elle a demandé au chauffeur de lui indiquer l'arrêt. Il l'a regardée curieusement. De temps en temps, il lève les yeux sur elle, dans le rétroviseur. Intrigué.

Un homme est assis près d'elle, enveloppé dans un burnous de laine marron dont il ramène les pans, par moments, sur son épaule. Elle sent un frôlement sur sa joue. Il tourne plusieurs fois vers elle son visage buriné, creusé de rides profondes, si profondes qu'on pourrait y passer le doigt.

Elle a dans le regard une telle fixité qu'il se détourne aussitôt.

Immobile. Quelque chose en elle est immobile. En attente. Suspendu dans un espace où ne tournent plus que des fragments qu'elle s'épuise à remettre en ordre. Décomposée.

Le visage de son frère hier, grimaçant de haine et de colère. Un mauvais film. Un rêve qu'elle ne peut effacer.

Noir et blanc. Noire la longue djellaba posée sur son lit, blanc le foulard qu'elle porte aujourd'hui.

Un cadeau de ton frère, avait dit sa mère. Elle en bafouillait. N'avait même pas eu le temps de lever les bras lorsque Nadia l'avait jeté sur elle, le cadeau. Geste brutal. Irrépressible.

Le foulard en tombant s'est déplié mollement. Voiles blanches dressées contre le vent là-bas sur la mer. Images. Fulgurance vive. Et tout est consommé.

Une secousse brusque. Le chauffeur serre le frein. Lui fait un signe.

Elle est arrivée.

Elle descend, gênée par la djellaba noire qu'elle relève maladroitement.

Elle est enfin chez elle. Dans son village natal.

7

Des hommes, rien que des hommes. Partout.
Debout. Appuyés contre les rambardes de fer au bord des trottoirs. Assis au seuil des boutiques innombrables ou sur les chaises encombrant les trottoirs devant les cafés obscurs. Installés dans la tranquille réalité d'un espace qui leur appartient de toute évidence. La grand-rue. La route principale. Ils regardent passer les voitures comme d'autres regardent passer les trains. Avec la même vacuité dans les yeux. Désœuvrés. Disponibles. Terriblement. Prêts à écouter ceux qui, du haut de leur chaire, s'arrogent le droit de leur promettre le paradis. À les écouter et à les suivre. Aveuglément.

Nadia traverse sans les voir.

Au bout de la rue principale est la maison de son enfance. Elle n'a pas oublié. Le petit chemin, la poussière, les ornières, la boue en hiver, les mottes de boue collées aux chaussures.

Les souvenirs affluent, se bousculent, s'agrègent à la surface émergée de sa conscience.

Elle va surgir, la maison, au détour de la rue. Haute et droite. Aussi blanche et plus vraie que dans ses rêves. Nadia n'aura qu'à pousser la porte, on ne la fermait jamais. D'abord le petit couloir sombre, nu, et puis la grande cour, comme une trouée de lumière.

Nadia tourne là, au coin. Elle s'arrête. Elle a dû se tromper.

Des maisons, presque toutes semblables, alignées les unes contre les autres au bord d'une route qu'elle ne reconnaît pas. Plus aucune trace du vaste terrain vague derrière la maison, leur terrain de jeux, leur territoire. Partout des maisons.

Il est toujours là, pourtant, le cimetière. Le vieux mur autour, détruit par endroits, un peu plus rongé par le temps. Autrefois, ils se glissaient par les trous pour sauter par-dessus les tombes.

Le petit chemin n'est plus qu'un étroit sentier, envahi de ronces. Presque invisible.

Elle descend sur le chemin. Les ronces s'accrochent à sa djellaba, comme pour la retenir.

Cette porte toute petite, au centre d'une façade aveugle. Les murs autour, hérissés à présent de tessons de bouteilles. C'est là, elle en est sûre.

Nadia pousse la porte. Mais elle ne s'ouvre pas.

8

Son grand-père est mort. Depuis trois ans déjà. Sa mère savait. Elle a été prévenue et elle n'a rien dit.

Il est mort, entouré de tous ses fils et des fils de ses fils. Veillé par des femmes dans une lente agonie. Sept jours et sept nuits. Pleuré par les femmes. Porté par des hommes jusqu'au cimetière voisin. Il repose près de son fils. Juste là, à côté de la maison.

Il ne parlait plus d'eux. Interdisait qu'on prononce leur nom. Il n'avait jamais pardonné. Pourtant, une des tantes dira très vite, presque en se cachant : « Il a prononcé un nom, un seul avant de mourir ». Il cherchait un visage au milieu de tous les visages penchés sur lui. « Djamel ». Oui. Tous l'ont entendu. C'est le nom de Djamel qu'il a dit dans un dernier souffle.

Nadia est assise au milieu des femmes. Ses tantes, ses cousines. Elle ne pleure pas. Les mots, les questions qu'on lui pose traversent son désespoir aride.

La mort. Encore. Toujours. Où qu'elle aille.

Et toutes ces questions ! Insatiable curiosité de ces femmes enfermées dans un espace où elles se repaissent de la vie des autres. Leur mémoire aussi. Leur mémoire infaillible restitue pour elle un passé inutile à présent.

Nadia écoute seulement le bruit qui s'éteint à l'intérieur d'elle. Une vague se retire dans un lent et douloureux râlement.

Et quand elle veut partir, il est tard, disent-elles, trop tard pour que tu rentres seule.

Elle se laisse couvrir. Elle se laisse endormir, Nadia. Une dernière fois.

9

L'aube grise se glisse à travers les volets fermés. Nadia ne sait quelle imperceptible transformation de la lumière lui fait ouvrir les yeux.

Elle s'est endormie très vite. Profondément. Sans faire de rêves. Ou alors elle ne s'en souvient pas. Écrasée par le poids des lourdes couvertures de laine rêche et blanche qu'on a jetées sur elle.

Elle se lève doucement, enfile ses vêtements. Hésite un instant avant de nouer le grand foulard blanc autour de sa tête. Autour d'elle, sur des matelas posés à même le sol, des femmes endormies. Ses tantes, ses cousines ont passé la nuit près d'elle. Tard, très tard dans la nuit, elles ont parlé. De tout, de leur vie surtout. Cloîtrées et sereines. À l'abri de murs hauts comme des remparts. Des mariages, des naissances, des morts, seules aspérités d'une vie lisse et bien remplie de menues tâches quotidiennes. Quelques éclats parfois déchirent leur horizon, découvrent un coin de ciel ignoré, mais bien vite les voiles retombent. Ensevelies dans leur ignorance. Bienheureuse ignorance, plus douce que la soif inextinguible de ceux qui savent.

Nadia tire la porte derrière elle, traverse la cour peuplée d'ombres furtives. Le ciel, au-dessus, encore éclaboussé d'étoiles.

Elle écoute la lente respiration de la nuit qui s'en va. Le frémissement des feuilles de la vigne dans le vent aigre et froid qui balaie la cour. Le grincement de la porte derrière elle, aussitôt couvert par la voix puissante du muezzin, des muezzins qui se répondent du haut des minarets innombrables.

Où va-t-elle en ce premier jour de printemps ?
Ni peur, ni plaisir. Rien que le désir d'un immense oubli.

Hier, sa mère ne l'a pas vue sortir. Mais elle aura trouvé le mot laissé bien en évidence sur le lit.

Je pars pour quelques jours. Je vais revoir mon grand-père.

Des mots posés comme des cailloux blancs.

Elle voulait quelques jours. Pour se retrouver. Essayer. Aller jusqu'au bout d'elle-même. Un mensonge. Un de plus. Jusqu'au bout, sa vie n'aura été qu'un vaste, qu'un immense mensonge.

Mensonges, les souvenirs d'enfance au goût de tendresse et de douceur.

Mensonge, l'amour d'une mère qui ne voit ni

n'entend les cris, les déchirements de ses enfants. La chair de sa chair, dit-elle.

Mensonge, l'amour plus fort que la mort.

Mensonges, tous ces mots creux et vides. Rien que des mots.

Nadia avance. Ombre blanche et noire dans la rue presque déserte et la nuit devant elle se retire.

C'est elle qui la première verra Djamel au bout de la rue. Et elle ira vers lui, calme et droite dans la lumière froide du petit matin.

Sans un mot, sans un regard, ils accorderont leurs pas.

Il la suit ou elle le suit, qu'importe, elle sait où elle va.

Elle attend. Plus loin encore. Ils sont maintenant seuls sur la route. Et puis, les mots, comme un flot longtemps contenu jaillissent d'elle. Elle lui raconte une histoire qu'elle n'a pas inventée. Une histoire d'amour, de silence et de mort. La mort qu'elle a donnée, un jour, seule dans sa chambre.

Elle crie maintenant et les mots en sortant d'elle ont juste le sifflement d'une flèche qui part très loin au-dessus de leurs têtes.

Autour d'eux, la vie s'arrête, retient son souffle. Un temps très court. Très long.

Et puis Nadia se met à courir. Plus vite, plus fort qu'elle n'a jamais couru. Son voile se dénoue, s'envole.

Elle court, lève les bras au ciel.

Et c'est alors, alors seulement, que son frère lui jette la première pierre.

Postface

Cette forme drapée de noir qui va bientôt s'affaisser, lapidée par son propre frère, c'est Nadia, figure forte, douce, entière, victime ordinaire d'un écrasement ordinaire. Mais au-delà de Nadia, j'y vois la figure de l'Algérie elle-même, lapidée par ses propres enfants.

Combat inégal : une jeune fille seule, une société malade et violente dans laquelle «tout ce qui déroge aux habitudes devient très vite suspect ».
Nous pressentons, dès les premières lignes, qu'en enfreignant des règles absurdes Nadia se retrouvera sur la route étroite d'une liberté arrachée au prix le plus haut : sa propre vie. Quelle est sa place ? Où est sa place ? Faut-il renoncer, s'auto-réduire aux fonctions génitrices et nourricières assignées par des censeurs aveugles ? Faut-il végéter à l'ombre d'un Code édicté par les héritiers d'une guerre qui fut de libération ? Vivre ! demande la jeune fille. Vivre ! demande l'Algérie, cette Algérie qu'elle aime d'une ardeur innocente.

Nadia, Djamel, Karim. Djamel saccageant toute tendresse fraternelle est de ces enfants perdus, soldat d'une faction qui s'est accaparé la religion pour la transformer en instrument de pouvoir. Dans cette ville «où plus personne ne rêve», Nadia va connaître un apaisement furtif auprès de Karim, figure, lui, d'un conformisme, celui d'un système usé par trente années de médiocrité, de vénalité. Au premier obstacle, il la rejettera.

Maïssa Bey nous donne à voir ce crime «modeste», somme toute banal, mais qui, par une écriture sobre, économe jusqu'à l'épure, confère à cette «saison» dans la vie d'une jeune algérienne, une saisissante force symbolique. Connivence totale avec son personnage. Séquences centrées sur Nadia, sur ce qu'elle entend, voit, perçoit de sa place à elle. Roman scandé en pages courtes ou longues dans lesquelles l'essentiel est cerné, restitué en quelques mots. Livre semblable à ces dessins où une ligne dépouillée suggère plus que mille traits.

Paradoxe et vérité, ce sont ces femmes algériennes, menant le plus dur et le plus périlleux des combats, qui nous aident et nous réconfortent de leur exemple. Écrivant cela, je ne crois pas attenter à la mémoire des hommes, trop longue liste d'égorgés, saignés, abattus, déchiquetés, émasculés, de ceux qui voulaient pour toutes les Nadia un autre destin, comme de ceux qui, faute du temps que donne une longue vie, une mûre réflexion ou tout simplement le sens aigu de la justice, n'avaient pas compris que la richesse inépuisable, essentielle d'un pays, est aussi dans ses femmes.

Claire Etcherelli

Maïssa Bey
Surtout ne te retourne pas

Profondément ébranlée par le tremblement de terre survenu dans son pays, Amina, une jeune fille jusqu'alors sans histoire, décide brusquement de rejoindre la cohorte des victimes du séisme.

« Un récit qui garde au-delà du dénouement sa part d'ombre et de mystère. Une manière pour ce subtil sismographe qu'est Maïssa Bey de laisser entrouvert l'espace des possibles. »
Christine Rousseau, *Le Monde*.

« Une écriture à la fois violente, précise et d'un lyrisme poétique maîtrisé. Maïssa Bey compose un roman complexe et bouleversant. »
Michèle Gazier, *Télérama*.

Prix Cybèle 2005

SURTOUT NE TE RETOURNE PAS
Maïssa Bey
208 pages, 8 €

Maïssa Bey
Sous le jasmin la nuit

Les nouvelles de ce recueil ont toutes pour héroïnes une femme qui se bat pour son identité, sa vie, sa liberté. Telle Salomé, chacune se dévoile dans son portrait tracé avec amour et tendresse par Maïssa Bey.

« Onze nouvelles, onze voix de l'Algérie, autant de cris pour la liberté des femmes de ce pays où le Code de la famille a bien besoin d'être revu et corrigé. Ce livre est écrit tout en douceur et sobriété… Une immense compassion et un talent qui s'affirme de livre en livre. »
Thierry Bogaty, *Le Figaro*.

« Écrire pour se libérer. Écrire pour dire la déraison de cette société qui étouffe les femmes. Écrire pour survivre, tout simplement. »
Thierry Leclère, *Télérama*.

SOUS LE JASMIN LA NUIT
Maïssa Bey
176 pages, 7,50 €

Maïssa Bey
Entendez-vous dans les montagnes…

Un train aujourd'hui, quelque part en France. Un vieil homme, Français. Une femme – la narratrice –, Algérienne, et Marie, une jolie fille blonde scotchée à son baladeur. La narratrice est plongée dans un livre dont la lecture va permettre le déclic : elle retrouve là le souvenir de son père tombé sous la torture en 1957. Perdue dans ses pensées, elle regarde sans les voir ses compagnons de voyage et, petit à petit, les rôles se distribuent : le vieil homme, bidasse en Algérie pendant la guerre d'Indépendance, n'a fait qu'obéir aux ordres. La belle Algérienne aux bijoux kabyles, fuyant une Algérie à nouveau en guerre, parle enfin de son père. Et puis Marie, née bien après tout ça, qui tente de reconstituer l'histoire… Peu importent les hasards : le récit de Maïssa Bey – il lui aura fallu deux ans pour traduire en mots cette part muette de sa vie – est splendide dans sa sobriété, la force de son évocation et l'absence inouïe de haine.

ENTENDEZ-VOUS
DANS LES MONTAGNES…
Maïssa Bey
80 pages, 6 €

Maïssa Bey
Cette fille-là

Dans cette « pension de famille » où vivent vieillards, filles mères, débiles ou encore caractériels, survivre est un défi quotidien. En mêlant le récit de sa propre vie avec celui des autres pensionnaires dont elle écoute les confidences, Malika reconstruit l'histoire de la femme en Algérie et s'interroge sur le lent travail d'effacement de la mémoire.

« Maïssa Bey poursuit, avec *Cette fille-là*, l'histoire intime et politique des femmes algériennes. Peu d'écrivains algériens ont réussi à raconter ces femmes du peuple, oubliées par la Révolution, l'Indépendance, l'Algérie elle-même. C'est la colère qui fait écrire Maïssa Bey. Une colère salutaire. »

Leïla Sebbar, *Le Magazine littéraire*.

PRIX MARGUERITE-AUDOUX 2001

CETTE FILL-LÀ
MAÏSSA BEY
192 pages, 8,90 €

Achevé d'imprimer en septembre 2007
sur les presses du Groupe Horizon, 13420 Gémenos
pour le compte des éditions de l'Aube
Le Moulin du Château, F-84240 La Tour d'Aigues

Numéro d'édition : 1292
Dépôt légal : octobre 2007
N° d'impression : 0709-081

Imprimé en France